No más mostrador

Eugène Scribe

DON DEOGRACIAS,   comerciante.

DOÑA BIBIANA, su mujer.

JULIA, su hija

BERNARDO,   su amante.

EL CONDE DEL VERDE SAÚCO.

Su ayuda de cámara

SEÑOR BORDERÓ,   sastre..

FRANCISCO,   criado..

PASCASIO, jardinero..

UN JOCKEY DEL CONDE..

La escena es en Madrid en casa de DON DEOGRACIAS.

El teatro representa la trastienda de un grande almacén; en el fondo habrá una puerta que conduce al almacén; a la izquierda una puerta que da salida a la calle, y otra que figura dar a un jardín; a la derecha dos puertas, una que conduce a las habitaciones interiores, y la otra al cuarto de DON DEOGRACIAS. Muebles de moda.

Acto I

Escena I

DON DEOGRACIAS y DOÑA BIBIANA.

DON DEOGRACIAS.- Pero, mujer, ¿es posible que hayas perdido el juicio hasta el punto de querer hacer la señora? Tú, hija de una honrada corchetera, que en toda su vida no supo salir de los portales de Santa Cruz con su puesto de botones de hueso y abanicos de novia... Tu abuelo un pobre cordonero de la calle de las Urosas, que, gracias a tu boda conmigo, concluyó sus días en una cama de tres colchones con colcha de cotonía...

DOÑA BIBIANA.- ¿Y qué tenemos con esa relación tan larga de mi padre, y de mi abuelo, y de mí?... Vaya, que es gracioso. Sí señor, quiero dejar el comercio; sabe Dios lo que la suerte me reserva todavía: verdad es que mi madre vendía botones; pero por eso mismo no los quiero vender yo... sobre todo, si yo conozco mi genio... y, vamos a ver, dime: ¿qué era la marquesa del Encantillo, que anda desempedrando esas calles de Dios en un magnífico landó? A ver si su abuelo no era un pobre valenciano, que vino vendiendo estera, y se ponía por más señas en un portal de la calle de las Recogidas, hecho un pordiosero, que era lo que había que ver. En fin, fuera cuestiones, Deogracias; te lo he dicho, no quiero más comercio. Llevo ya veinticuatro años de medir sedas, y de estirar la cotanza para escatimar un dedo de tela a los parroquianos, y de poner la cortina a la puerta para que no se vean las macas de las piezas... qué sé yo... maldito mostrador; basta, basta, no más mostrador.

DON DEOGRACIAS.- Pero, mujer, ven acá. ¿No es el comercio, que tanto maldices, el mismo que nos ha puesto en estado de hacer los señores, y de gastar, y de?...

DOÑA BIBIANA.- Tanto más motivo para dejarlo, y para descansar y disfrutar lo que hemos ganado. Cada vez que me acuerdo del baile de la otra noche, adonde fui con nuestra hija Julia, y de cómo tiene puesta la casa doña Amelia... vaya... Deogracias, desengáñate, mientras yo no tenga mi magnífica casa, y esté en un soberbio taburete recibiendo la gente del gran tono, y dando disposiciones para las arañas, y los quinqués, y la mesa de juego, y las alfombras, y el ambigú, y no entren mis lacayos abriendo la mampara, y anunciando: «el conde tal... el vizconde cual...» y mientras no tenga palco en la ópera, y un jockey que me acompañe al Prado por las mañanas en invierno, con mi chal en el brazo, y mi sombrilla en la mano... desengáñate, me verás aburrida morirme de tedio...

DON DEOGRACIAS.- Valiente papel haré yo en tu magnífico salón, allí revuelto con aquellos condes y marqueses... yo que nunca he salido, como quien dice, de los portales de Guadalajara. Vamos, créeme, Bibiana.

DOÑA BIBIANA.- ¡Bibiana! ¡Dios mío! ¡Qué marido tan ordinario! ¿No te he dicho ya cien mil veces que no quiero que me vuelvas a llamar Bibiana? ¿Dónde has visto tú una mujer del gran tono que se llame Bibiana? Concha me llamo, y me quiero llamar; y mi señora doña Concha seré hasta que me muera, y me lo llamarán, sí señor, que para eso tengo dinero, y «¿cómo está usted, Conchita?» ¡Conchita, qué mona és usted!

DON DEOGRACIAS.- Mira, mujer. Bibiana Cartucho eras cuando me enamoré de ti, por mi mala estrella: con Bibiana Cartucho me casé, que ojalá fuera mentira, para purgar sin duda mis pecados en este mundo; y para mí Bibiana Cartucho has sido, eres y serás hasta que me muera; y si te mueres tú antes, en tu lápida he de poner: «aquí yace Bibiana Cartucho,» y nada más.

DOÑA BIBIANA.- Ay, Dios mío, ¡qué vergüenza! ¡Hasta después de mi muerte! Pues bien, rencoroso, enhorabuena, quédate en tus portales de Guadalajara, hecho un criado de todo el que te venga a pedir una cuarta de bayeta... haz lo que quieras, ya que eres un pobre hombre, y no quieres brillar y darte tono así como así, no son los maridos en lo que más reparan las gentes; pero tienes hijos, y no me parece que será cosa de sacrificarlos a tu capricho: creo que no harás ánimo de que sean también horteras.

DON DEOGRACIAS.- Sí por cierto. Teodoro, que va a cumplir catorce años, saldrá de la Escuela Pía en cuanto tenga más formada su letra, y sepa decir alguna cosa en latín, no para ver de ponerle los cordones, como tú crees, sino para reemplazarme en el almacén. No ceñirá espada; pero sin eso podrá ser un buen español: no tendrá, a imitación mía, más insignia que la vara de medir; pero ¿quién duda que podrá servir con ella a Dios y al Rey tan bien como cualquier otro? Además de que no le faltan al Rey jóvenes nobles y bien dispuestos, que han nacido para defenderle, y que saben sostener el brillo de su casaca, el honor de sus antepasados y los derechos de su Soberano.

DOÑA BIBIANA.- ¿Es posible? Bien; pero en cuanto a mi hija Julia... ya está en edad de poderse casar... una joven de su mérito, que la he criado yo misma, que canta, que baila, que toca... Es verdad que no sabe fregar, ni barrer, ni coser ninguna cosa; pero para ser elegante tampoco lo necesita.

DON DEOGRACIAS.- Sí, Julia se casará; ya hace tiempo que tengo tratada su boda; y si no lo sabes ya, tú tienes la culpa. Tus eternos deseos de casarla con un personaje me han obligado a ocultártelo; pienso casarla con Bernardo, el hijo de mi amigo Benedicto, comerciante de tapices de Barcelona.

DOÑA BIBIANA.- ¡Yo! ¿Suegra de un tapicero?

DON DEOGRACIAS.- De un tapicero; ¿y por qué no? Cuánto mejor es un tapicero, que puede contar con cien mil reales de renta al año y probidad, que un elegante jugador, un marqués plagado de trampas, un militar sin juicio, un abogado sin clientela, un médico sin enfermos...

DOÑA BIBIANA.- Bien... pero, ¿y si tu hija experimentase una aversión particular hacia esa boda?

DON DEOGRACIAS.- Aversión, no es posible; ni aún le conoce; yo mismo, si le veo en la calle, no puedo decir «éste es;» ya se ve, como que no le he visto nunca. Su padre me escribió el proyecto de casar a nuestros hijos; y yo, que no creo poder encontrar partido alguno más ventajoso, he aceptado. Por lo que hace a Julia, yo creo que ni piensa en eso: tú la vuelves loca.

DOÑA BIBIANA.- Corriente; pues me remito a ella; ella puede decidir entre los dos.

DON DEOGRACIAS.- Enhorabuena; yo sé que la chica es otra cosa.

DOÑA BIBIANA.- ¡Julia! ¡Julia!

DON DEOGRACIAS.- Ella nos dirá su gusto; pero en la inteligencia que si quiere, la boda se hará al momento.

DOÑA BIBIANA.- ¡Tal precipitación! ¡Julia!

DON DEOGRACIAS.- Sí señor; esta es una buena ocasión de colocarla; y sabe Dios, si la dejamos escapar, cómo nos veremos luego para encontrar otra igual.

Escena II

DOÑA BIBIANA, DON DEOGRACIAS, JULIA.JULIA.- Mamá, ¿me llamaba usted?

DON DEOGRACIAS.- Ven aquí, hija mía. Vas a responder con toda libertad, sin ceñirte a nuestro gusto... a declararnos francamente el tuyo.

DOÑA BIBIANA.- Se trata de un asunto muy serio para ti; tu padre quiere casarte.

JULIA.- ¡Casarme! ¡Dios mío! ahora... (Aparte.)

DOÑA BIBIANA.- Levanta la cabeza; mírame; sin cortedad, ¿quieres casarte? (Le hace señas con la cabeza que diga que no.) la verdad.

JULIA.- Mamá... casarme... ahora soy tan joven...

DON DEOGRACIAS.- Eres joven; pero, hija...

DOÑA BIBIANA.- Eso no es lo pactado; ya ves que yo no la obligo a responder; así déjala tú también en plena libertad. Vaya, hija mía, di, ¿y si tratasen de casarte con un rico tapicero de Barcelona, de más de cien mil reales de renta?...

JULIA.- ¡Ah! No tiene trazas mi querido de tapicero. (Aparte.)

DOÑA BIBIANA.- Vaya, responde. (Vuelve a hacerla señas.)

JULIA.- Mamá, si usted se empeñase... quién sabe... me resignaría obediente...

DON DEOGRACIAS.- No señor, la verdad; nada de resignación, ni de obediencia, ni de calabaza... sí, o no.

JULIA.- Papá... en verdad, no me siento inclinada...

DON DEOGRACIAS.- ¿No?

DOÑA BIBIANA.- Cómo, hija, ¿no te gustaría estar todo el día en un hermoso almacén de tapices midiendo, y cobrando, y?...

JULIA.- No, mamá.

DOÑA BIBIANA.- Ya lo oyes tú mismo; ahora ella sola habla.

DON DEOGRACIAS.- Estoy confundido.

DOÑA BIBIANA.- Y en caso de casarte ¿querrías mejor un elegante que no tuviera nada que hacer en todo el día, que fuese noble y no ganase la comida, que llevase todos los días a su mujer a Vista-Alegre y a la ópera, que te pasease por el Prado en tílburi o en landó, que te regalase sortijas, chales, gorros, plumas, pieles y cadenas... en fin, que no mirase nunca la cuenta de la modista, que te dejase el maestro de piano, y dar conciertos, como, por ejemplo, el conde del Verde Saúco, que se fue a París, y de que tanto nos han hablado, di, querrías?... (La hace seña.)

JULIA.- Sí, mamá.

DON DEOGRACIAS.- Sí, mamá; (Remedándola.) pues usted, señorita, tomará el marido...

DOÑA BIBIANA.- Vuelves a infringir nuestros tratados... a pesar de lo convenido te alteras...

DON DEOGRACIAS.- No, mujer, no me altero... pero a lo menos que oiga el que yo la propongo, que le conozca y le trate, y después... mira, Bernardo a la hora esta debe haber llegado ya de

Barcelona; habrá consagrado los primeros instantes a sus parientes; pero de un momento a otro le tendremos aquí, y es preciso recibirle como a quien viene a ser mi yerno: le conoceréis, y después...

DOÑA BIBIANA.- Bastante conocido le tenemos ya por tanto como nos has dicho de él; y es bien doloroso haber de dar mi hija a un hombre de su laya; para eso la tomé yo el maestro de baile, y de dibujo, y de francés, y de italiano; para eso la he estado yo pagando cuatro años seguidos el maestro de piano; hija mía de mis entrañas. ¿de qué te sirve haber trabajado tanto, tantos afanes, cuando nunca podías dar con la escala, para aprender el dúo del Crociato, y el de la Semíramis, y el aria de la Donna, y todito el papel de la Césari en el Osmir?... Todo, todo va a perecer en la humillación del mostrador.

DON DEOGRACIAS.- La humillación del mostrador. ¡Bibiana! ¡Bibiana!

DOÑA BIBIANA.- Vuelta con Bibiana. ¡Dios mío! ¡Qué vergüenza! Si lo oyen...

DON DEOGRACIAS.- Pero, en el almacén hay gente; vamos, a despachar, que aquel muchacho es tan torpe... y tal vez será el sastre Borderó, que tiene que venir por una pieza de muaré, y el terciopelo gris perle.

DOÑA BIBIANA.- Sí iré... pero atiende a lo que te digo; tú podrás casar a tu hija con Bernardo, podrás sacrificarla; pero en cuanto a mí te equivocas. Hoy es el último día que despacho en el almacén: mañana se cerrará, o tomarás el partido que gustes: no quiero, no quiero más mostrador. Vamos, hija.

Escena III

DON DEOGRACIAS.DON DEOGRACIAS.- ¡Id benditas de Dios! ¿Hay cosa más ardua para un marido que hacer entender la razón a su mujer? ¿Y que me casara yo? Y ¿qué remedio, si el tal desatino no hace más que la bagatela de veinticuatro años que le hice? Todos los días es lo mismo... y no hay más, que se desbaratará mi proyecto de boda como cuantos he hecho desde aquella fecha; pero ¡hola! ¿Quién viene?

Escena IV

DON DEOGRACIAS, BERNARDO, que entra por la puerta de la izquierda vestido sencillamente.BERNARDO.- ¿Tengo el gusto de hablar a don Deogracias de la Plantilla?

DON DEOGRACIAS.- Servidor de usted; ¿qué tiene usted que mandarme?

BERNARDO.- Ya creo que estará usted informado de mi llegada; vengo de Barcelona, y debe usted de haber recibido carta de mi padre anunciándole...

DON DEOGRACIAS.- ¡Calle! No diga usted más; ¿pues no he de haber recibido? Ya hace dos correos. ¡Bernardo! Déme usted los brazos, amigo, aunque no tengo el gusto de conocerle; sin embargo, la memoria de su padre me es muy grata; y al fin el objeto de su viaje me autoriza a darle esta demostración de mi cariño.

BERNARDO.- Señor don Deogracias...

DON DEOGRACIAS.- Pero, hombre, ¡calle! ¡Qué guapo es usted! Y qué buena cara, y qué... vamos, vamos, que mi hija... sí, efectivamente... vuélvase usted... muy bien; pues señor, muy bien, y qué alto... ¿Y qué tal, qué tal camino ha traído usted?

BERNARDO.- Muy bueno: he venido con dos religiosos de excelente humor, un andaluz que mentía por los codos, y un buen señor que viene a tomar las aguas del Molar: ello siempre se estaba quejando, pero...

DON DEOGRACIAS.- Vaya, me alegro; y contratiempo ninguno, ni ladrones...

BERNARDO.- Ladrones... buenos miedos hemos pasado, y ahí en la venta... ya se ve, también da miedo ver algunas caras... en una palabra, ladrones ha habido; pero a Dios gracias no nos han robado nada.

DON DEOGRACIAS.- Vaya, me alegro; y ¿cuándo ha llegado usted? ¿Querrá usted almorzar?

BERNARDO.- No señor, nada; para mí ya es tarde: no he llegado hoy...

DON DEOGRACIAS.- Ya... ¿y su padre de usted? Dígame usted, dígame usted, ¿cómo queda?

BERNARDO.- Tal cualillo está ahora; y si no fuera por unos dolores reumáticos que le pasean todo el cuerpo, y la gota maldita, y aquel ojo tan rebelde...

DON DEOGRACIAS.- Yo lo creo; pero si se fía de aquellos cirujanos; yo se lo decía: «mira, Benedicto, que esos hombres te van a matar, no los creas;» pero él nada; erre que erre, y que se ha de curar, y que se ha de poner bueno... ya se ve... no deja de tener razón... pero es lo que yo digo, en llegando un hombre a los sesenta años, qué cirujanos, ni qué botica, ni qué...

BERNARDO.- Tiene usted razón.

DON DEOGRACIAS.- Oh si la tengo; tiene sesenta años; y no ve usted que ese es un mal que se va empeorando todos los días, y le irá comiendo, comiendo... hasta que dé con él en tierra: siéntese usted; (Cierra la puerta que da al almacén.) deje usted ese sombrero, que si ha de ser usted mi yerno es preciso que dejemos cumplimientos.

BERNARDO.- Como usted guste; tampoco yo soy amigo de monadas, aunque por desgracia tengo a veces también que hacerlas, porque hay que vivir con todo el mundo. Por esta misma razón no he venido antes aquí, porque quería venir a mi satisfacción, y he tratado de desocuparme antes de visitas. Ya conoce usted a mi tío el canónigo, que está aquí, y no hay fuerzas humanas que le hagan ir a su catedral...

DON DEOGRACIAS.- Ya sé, ya.

BERNARDO.- Pues, como vine a parar a su casa, y me quiere tanto, fue preciso presentarme en varias casas donde había hablado muy bien de mí; pero casas de etiqueta, donde juega él sus ecartés con los señores mayores y los maridos, mientras que los jóvenes bailamos, o nos estamos de pie con el sombrero en la mano; para esto se empeñó en que se me hiciese en cuanto llegué un equipaje completo de elegante, dos fraques, una levita, un surtout... qué sé yo... me llevó a todas partes.

DON DEOGRACIAS.- ¡Hola! De modo que le ha relacionado a usted.

BERNARDO.- Sí señor: el primer día estaba atado, no podía moverme; pero como me veían tan bien vestido, no se puede usted figurar las amistades que he hecho; y como tampoco me ha faltado dinero para el café y otras frioleras... pero qué, si cuando me compongo, yo no he visto cosa más ridícula; la primera vez que me vi al espejo no me conocí; unas caderas, un talle... en fin, un conjunto tan incómodo, que ya tenía ganas de venir aquí para quitármelo.

DON DEOGRACIAS.- Pues ha hecho usted muy mal: ¿usted sabe lo que ha hecho?

BERNARDO.- ¡Cómo! ¿Pues no acaba usted de decir?...

DON DEOGRACIAS.- Sí señor, y me explicaré. Soy el más desgraciado de todos los maridos. Ha de saber usted que mi mujer está loca, pero de una locura bastante admitida en la sociedad; se le ha puesto en la cabeza brillar, hacer la marquesa; ahora mismo acabo de tener una contienda con ella acerca de esta boda: ella me echa a perder a mi hija; pero qué más, si a mí mismo, aquí donde usted me ve, con mis años y mi juicio, me hace jugar, y bailar, e ir con ella aquí y allí... y, desengáñese usted, siempre que usted se presente como está ahora, esté usted seguro de llevar calabazas.

BERNARDO.- ¿Qué dice usted? Pero es el caso que si tiene esa manía, no querrá casar a su hija con un comerciante; y ya ve usted que aunque yo me vista de capitán general, nunca seré más que Bernardo.

DON DEOGRACIAS.- Sí señor, es verdad; pero no importa, quién sabe si la primera impresión... en fin, es preciso que se vaya usted a vestir, que venga usted haciendo muchos gestos, muchos ascos, muchas contorsiones; que hable usted algo de francés, algo de italiano, español poco y mal, y siempre sin fundamento; que baile, que saque un reloj de salto de Breguet, que hable mucho de la ópera, y de París, y si puede ser de Londres; que tenga deudas, que... ya me entiende usted.

BERNARDO.- Demasiado, y felizmente no me será dificultoso, como dure poco esta farsa.

DON DEOGRACIAS.- ¿Tiene usted lente y anteojos?

BERNARDO.- No señor.

DON DEOGRACIAS.- Pues cómprelo usted; vamos, pronto.

BERNARDO.- Pero señor ¿para qué? Si no los necesito, yo veo claro.

DON DEOGRACIAS.- No importa. ¿Y látigo y espolines?

BERNARDO.- No señor, pero tampoco tengo caballo.

DON DEOGRACIAS.- No importa; por lo que pueda suceder

BERNARDO.- Pero señor...

DON DEOGRACIAS.- Cómprelo usted.

BERNARDO.- Pero señor, a mí me parece... ¿cuánto más fácil sería que usted, como amo de su casa, manifestase desde luego su voluntad, su decisión?...

DON DEOGRACIAS.- Se conoce que no está usted casado; en primer lugar yo no me atrevo con mi mujer; y luego ¿qué adelantaría usted con que mi mujer me arañase? Por la fuerza, la chica, que piensa casi como ella, le cobraría a usted odio, y sería peor. Cuánto mejor es hacerse querer, y luego veremos; sabe Dios si podremos hacer carrera de ellas, y corregirlas; déjeme usted a mí,

déjese usted llevar... pero voy a ver... oigo gente, no vengan, y...
(Registra y cierra las puertas.)

BERNARDO.- (Aparte.) Y mi amable desconocida... Yo he retardado todo lo que he podido venir aquí; pero ella tampoco me conoce a mí; resolución, y dejémoslo. Esta boda es la que me dicta mi interés, la que agrada a mi padre...

DON DEOGRACIAS.- ¿Qué hace usted pensativo?

BERNARDO.- Nada.

DON DEOGRACIAS.- Pues aprovechemos tiempo; nadie le ha visto a usted; vuele usted a componerse, y vuelva dentro de una hora; déjese usted llevar.

BERNARDO.- Corriente, vengo en ello gustoso; hasta después.

Escena V

DON DEOGRACIAS.DON DEOGRACIAS.- (Volviendo a abrir las puertas.) Ello es arriesgado... y yo, que nunca las he visto más gordas, a la cabeza de una intriga, y una intriga para casar a mi hija; sabe Dios cómo saldré de ella; tanto más cuanto que no suelen ser los padres los que se encargan de este ramo de la casa; luego esto me ahorra una riña con mi mujer; no es un ahorro despreciable; pero ella viene; lo mejor es dejarla el campo.

Escena VI

DOÑA BIBIANA y JULIA.DOÑA BIBIANA.- Gracias a Dios que nos dejan un momento en paz. ¡Julia!

JULIA.- Mamá...

DOÑA BIBIANA.- Dime, y aquel elegante que te estuvo hablando al oído toda la noche en la calle de Valverde parecía que se inclinaba... ¿no has vuelto a saber? Debía ser un caballero, y tú tal vez tan torpe que no harías lo posible por manifestarle...

JULIA.- (Aparte.) ¡Ah! ¡No sabe bien lo que haría por él!

DOÑA BIBIANA.- Responde; ¿no supiste quién era? ¿No te ha vuelto a seguir?

JULIA.- No he podido saber quién es; pregunté a varias amigas, pero dijeron que le habían presentado aquella noche, que sólo sabían que acababa de llegar de fuera, y yo lo creo.

DOÑA BIBIANA.- Eacute;l iría por casualidad, no era casa de bastante tono para él; lo que siento es que nos haya visto allí, y no en casa de la marquesa.

JULIA.- El domingo cuando fuimos a Misa estaba junto al Buen-Suceso, yo le vi de reojo; en cuanto nos atisbó, si viera usted qué apretarse por entre la gente para estar a nuestro lado; al subir los escalones me tomó la mano...

DOÑA BIBIANA.- ¿Y te la apretó?

JULIA.- Sí señora; pero yo hice como que me recataba de usted, y que no me gustaba, y la quité... A pesar de eso toda la Misa estuvo mirando; yo, haciendo como que no le veía, y todo era darle a usted con el pie, y usted pensando que la pisaba, hasta que tuve que dejarlo. Después nos siguió, y sin duda al volver la calle hubo de perdernos de vista, porque yo no le volví a ver; y no debe saber nuestra casa.

DOÑA BIBIANA.- Ya se ve, tú tampoco procurarías decírsela.

JULIA.- ¡Yo! ¿Cómo quiere usted que le dijese?...

DOÑA BIBIANA.- Sí señora, hay modos de decir las cosas; por ejemplo, se dice: «estoy tan cansada; hemos estado en el Prado, y como está tan lejos de casa; ya se ve, lo último de la calle Mayor, y precisamente el número tantos, que cae tan allá...» ¿Entiendes?

JULIA.- Sí señora.

DOÑA BIBIANA.- Pues ya lo sabes para otra vez; y ya puedes sacar el vestido de cotepalí, y ese canesú que te acabas de hacer: esta noche hemos de volver... quién sabe si estará allí. ¿Y en esta circunstancia te habías de casar con Bernardo? No será, o habrá en casa lo que tu padre no quiera oír.

Acto II

Escena I

DON DEOGRACIAS.DON DEOGRACIAS.- (Escribiendo habla en los intermedios.) El conde del Verde Saúco pedirme mi hija para casarse... vaya... es singular; no hace nada que estaba en París .. pero yo tengo oído hablar mucho de él: ahí está, sin ir más lejos, Pascasio mi jardinero que fue criado suyo: es un calavera, está arruinado. ¡Qué boda tan mala sería! No, no, de ningún modo; estos enlaces desiguales sólo acarrean la desgracia de los que los contraen; el marido le echa en cara a la mujer que es una plebeya... nunca, nunca; ¿y para qué querrá que nos veamos? No conviene, me excusaré con un pretexto; le diré que voy de caza hoy mismo. ¡Hola! ¡Muchacho!

Escena II

DON DEOGRACIAS, un JOCKEY.DON DEOGRACIAS.- Diga usted, ¿es cosa de llevar la respuesta?

JOCKEY.- Como usted guste; pero, la verdad: entiendo que mi amo debe marchar esta mañana; ahora mismo voy yo a buscarle con el tílburi para dejarle en un coche francés; va por ocho o diez días a una casa de campo que tiene junto a Buitrago.

DON DEOGRACIAS.- (Aparte.) Qué plan me ocurre tan soberbio; un poco atrevido, eso sí -¿dice usted que se va por ocho o diez días?

JOCKEY.- Así lo ha dicho.

DON DEOGRACIAS.- (Aparte.) ¡Bravo! Mi mujer y mi hija sólo de oídas le conocen; están entusiasmadas por él... dicho y hecho, en ocho días hay tiempo para volver el juicio a una muñeca de dieciséis años.

JOCKEY.- Este hombre es cachazudo.

DON DEOGRACIAS.- ¿Conque dará usted esta respuesta al señor conde ahora mismo? (Le da la carta.)

JOCKEY.- Sin duda.

DON DEOGRACIAS.- ¿Y después le deja usted en su coche francés?

JOCKEY.- Cierto.

DON DEOGRACIAS.- ¿Y después... eh?

JOCKEY.- (Aparte.) Vaya un preguntar. -Y después, después, como me quedo libre, no sé lo que haré.

DON DEOGRACIAS.- No lo pregunto con falta de misterio; es preciso explicarme. Usted parece un excelente sujeto, callado, fiel...

JOCKEY.- Señor... mi amo no tiene queja alguna de mí.

DON DEOGRACIAS.- Porque... tiene usted cara de serme útil hoy.

JOCKEY.- En cuanto no se oponga con el buen servicio del señor conde...

DON DEOGRACIAS.- Nada de eso... y por último yo soy agradecido: a duro por hora, todo el día; tome usted para empezar.

JOCKEY.- A ese precio mande usted, y no quedará usted descontento del desempeño: ¿qué es lo que hay que hacer?

DON DEOGRACIAS.- Volver aquí en derechura con el tílburi en cuanto haya usted dejado a su amo; si en casa le echan a usted de menos...

JOCKEY.- Eso corre de mi cuenta: ¿qué más?

DON DEOGRACIAS.- Pues señor, después... pero calle usted, es mi mujer, silencio.

Escena III

DOÑA BIBIANA, DON DEOGRACIAS y el JOCKEY. Hablando aparte bajo.DOÑA BIBIANA.- Jesús, Jesús qué infierno de almacén, y parece que hoy han convocado a todos los pesados de Madrid para venir a comprar a casa; y el otro jorobado chiquituelo con una mujer de que se pueden hacer tres como él (Remedando.) : «a ver el tafetán español... este no... más fuerte... el francés... tampoco, tiene mal negro... un poco más cuerpo... a ver el gros de Nápoles:» pues, revuelva usted todo el almacén, y luego los descamisados se van sin comprar nada. Es triste cosa estarse moliendo uno que tiene talegas en obsequio de un cualquiera, que después de no tener una peseta, todavía tiene la petulancia de darse tono con entrar y salir en estas casas: «y a ver, saque usted, y esto no me gusta, y aquel es feo;» y por último, «quede usted con Dios:» y vuelva usted a doblarlo todo, y... vaya, yo me quemo.

JOCKEY.- (A DON DEOGRACIAS.) Muy bien, quedo enterado: descuide usted, se hará exactamente.

Escena IV

DON DEOGRACIAS, DOÑA BIBIANA.DOÑA BIBIANA.- Vamos, tú también estás pesado, ¿es cosa de que no almorcemos hoy?

DON DEOGRACIAS.- Mujer (Aparte.) (ánimo y empecemos la grande obra) estaba contestando, como era regular, al criado del señor conde del Verde Saúco.

DOÑA BIBIANA.- ¿El Conde del Verde Saúco? ¿ha vuelto ya de París? ¿y contigo qué asuntos puede...?

DON DEOGRACIAS.- Sí señor, ha vuelto; mira tú si ha vuelto, que él mismo, en persona va a venir...

DOÑA BIBIANA.- ¿A casa?

DON DEOGRACIAS.- A casa; hoy me escribe que atraído por la fama de nuestra Julia, la conoce, y la quiere...

DOÑA BIBIANA.- ¿Qué dices?

DON DEOGRACIAS.- Mira tú si la querrá; me la pide en matrimonio. ¿Eh? ¿Qué te parece?

DOÑA BIBIANA.- ¿Es posible? ¡Dios mío! yo voy a perder el juicio; ¿mi hija condesa del Verde Saúco? ¿Y querías casarla con ese tapicero? Habla ahora, si te parece.

DON DEOGRACIAS.- Pero, ¿quién había de figurarse...?

DOÑA BIBIANA.- Pues ahí verás; ¿quién? Yo... habla ahora por Bernardo.

DON DEOGRACIAS.- En verdad, mujer, (Aparte.) (disimulemos) que en vista de estas cosas casi me inclino a pensar como tú; en fin, yo le he respondido que puede venir.

DOÑA BIBIANA.- Muy bien hecho, ¿y qué le habías de responder? Yo que tenía tantas ganas de conocerle... el primer elegante de Madrid, como quien dice. ¡Julia, Julia, Francisco, Pascasio, hola, criados!

DON DEOGRACIAS.- Ya prendió la yesca.

Escena V

DON DEOGRACIAS, DOÑA BIBIANA,
FRANCISCO.FRANCISCO.- Señora, ya está listo el almuerzo desde las diez, y van a dar las doce...

DOÑA BIBIANA.- Déjanos de almuerzo; ¿quién ha de tener gana de almorzar?

FRANCISCO.- Señora... yo no sé... como usted dijo...

DOÑA BIBIANA.- No tenemos otra cosa que hacer más que almorzar, salvaje; mire usted si hay tiempo de almorzar en todo el día; arregla esas sillas, límpialas.

FRANCISCO.- Si están limpias.

DOÑA BIBIANA.- No importa, bruto, saca aquí los floreros. Mira, antes ven aquí; esperamos dentro de un instante una visita, un joven muy elegante; al momento que vaya a entrar vienes tú delante de él, abres la mampara, le anuncias... como se hace en todas partes.

FRANCISCO.- Sí señora, pero ¿cómo he de decir?

DOÑA BIBIANA.- ¿No lo has oído ya? «El señor conde del Verde Saúco.»

DON DEOGRACIAS.- (Aparte.) Bien hace en pensar en eso, yo no tenía ya tiempo de avisar a Bernardo; con eso se oirá anunciar, y sabrá quién es.

DOÑA BIBIANA.- Oyes, y para eso ponte la levita azul con el vivo encarnado.

FRANCISCO.- Está muy bien.

DOÑA BIBIANA.- ¡Julia! Esta chica... el caso es que yo ya no tendré tiempo de mudarme este vestido.

DON DEOGRACIAS.- No importa, mujer: como tú dices, estás en un agradable négligé. (FRANCISCO se va después de haber limpiado las sillas y sacado los floreros.)

Escena VI

DOÑA BIBIANA, JULIA.DOÑA BIBIANA.- Despáchate, hija mía; el conde del Verde Saúco, el que teníamos tanta gana de conocer, que gasta tanto dinero, que juega, que ha tenido tantos desafíos, va a venir dentro de muy poco a verte.

JULIA.- Mamá ¿a mí?

DOÑA BIBIANA.- Acaba de escribir a tu padre pidiendo tu mano; ya ves, hija mía, ¿no te alegras? Por último he hecho mudar de opinión a tu padre, y conviene conmigo en que esta boda es mejor que la otra. Vamos ¿qué dices?

JULIA.-   (Aparte.) ¡Dios mío! -Sí mamá, me alegro; ¿me voy a mudar?

Escena VII

DOÑA BIBIANA, DON DEOGRACIAS, JULIA, FRANCISCO anunciando, y BERNARDO elegantemente vestido.FRANCISCO.- El señor conde del Verde Saúco.

DON DEOGRACIAS.-   (Se adelanta y le coge las manos, procurando unas veces no dejarle hablar, y otras instruirle por lo bajo.) ¡Señor conde del Verde Saúco!

BERNARDO.- (Aparte.) ¿Qué es esto? ¿Yo conde?

DON DEOGRACIAS.- ¡Señor conde! (Bajo.) Déjese usted llevar, sí, conde, conde. (Alto.) Usted haciéndome tanto honor... ciertamente que me considero muy feliz recibiendo en mi casa al primer elegante de Madrid... (Bajo.) Diga usted algo.

DOÑA BIBIANA.- Señor conde...

BERNARDO.- Señora, yo no soy...

DON DEOGRACIAS.- (Bajo.) Sí, elegante, muchas contorsiones. - Sí señor: a ver, una silla al señor conde. Tengo el honor de presentaros al señor conde del Verde Saúco, de quien acabamos de recibir esa carta pidiéndonos nuestra hija en matrimonio. (Bajo.) Hombre, calle usted, y siga usted adelante.

DOÑA BIBIANA.- Señor conde...

BERNARDO.- Pero señora, si... yo no soy... (Aparte.) Esta ficción me vuela.

DON DEOGRACIAS.- (Bajo.) Sí es.

BERNARDO.- (Aparte.) Bueno. -Señora, yo no soy... el menos honrado en estas circunstancias.

DOÑA BIBIANA.- Agradezco mucho en verdad tantas atenciones como debemos al señor conde, y creo que mi hija... -Julia, vamos- participará de mis sentimientos...

BERNARDO.- Señora... (JULIA levanta la cabeza, y se ven los dos.)

JULIA.- (Aparte.) ¡Dios mío! ¡Él es!

BERNARDO.- (Aparte.) ¡Cielos! Mi desconocida: ¡qué fortuna!

DOÑA BIBIANA.- Vamos, hija, ¿qué tienes?

JULIA.- Nada, mamá.

DOÑA BIBIANA.- Saluda al señor conde.

BERNARDO.- Esta señorita me dispensará de haberme tomado la libertad de introducirme tan pronto, y sin contar primero con su beneplácito.

JULIA.- ¡Ah! Ciertamente que está usted perdonado.

DOÑA BIBIANA.- Pero el señor es, si no me engaño, el mismo que la otra noche en la calle de Valverde (Aparte a JULIA.) el que te ha seguido.

JULIA.- (Aparte a DOÑA BIBIANA.) Sí mamá. Sí... yo conozco al señor conde.

BERNARDO.- Efectivamente, señora, no es esta la primera vez que nos vemos; ni cómo hubiera yo podido de otra manera prendarme de esta señorita, y...

DOÑA BIBIANA.- Sí, noches pasadas; en aquel bailecillo... estaría usted de incógnito allí... el viernes.

BERNARDO.- Sí, el viernes; en la calle de Valverde, cuarto segundo, un baile de poco más o menos: yo no había ido nunca; pero acababa de llegar; no sabía en qué pasar la noche; un amigo se empeñó en llevarme, y ciertamente no estoy arrepentido, pero tuve ocasión de conocer a ustedes. Pero qué baile... tampoco había más que dos hermosas con quien se pudiese hablar; así fue que no me separé de ellas en toda la noche.

JULIA.-   (Bajo a su madre, mientras que BERNARDO y DON DEOGRACIAS hablan entre sí.) ¡Ah! mamá ¡qué guapo, qué fino es!

DOÑA BIBIANA.- ¡Ah! A estos que lo son desde la cuna, cómo se les conoce, a legua; no se pueden equivocar.

DON DEOGRACIAS.-   (A BERNARDO.)   Por Dios que es casualidad; con que usted las vio, sin saber quiénes eran.

BERNARDO.- Esto es. (Se dirige a hablar a DOÑA BIBIANA.)

DON DEOGRACIAS.- (Aparte.) Vea usted.

DOÑA BIBIANA.- Pues aquí también fue casual el ir; pero mi Deogracias había debido favores en otro tiempo al marido de la hermana mayor, la loquilla aquella que estuvo toda la noche bailando con el guardia de corps, y chichisbeando, y...

BERNARDO.- Sí.

DOÑA BIBIANA.- Y por eso fuimos; pero qué noche pasé...

DON DEOGRACIAS.-   Espero, señor conde, que usted querrá acompañarnos a almorzar.

BERNARDO.- ¿No han almorzado ustedes todavía? ¡Oh! Eso es del gran tono; enteramente como yo.

DOÑA BIBIANA.- Almorzamos tarde, muy tarde.

DON DEOGRACIAS.- ¡Oh! El señor conde almorzará por la tarde, como quien dice...

BERNARDO.- Sí señor, no me gusta levantarme por la mañana; almuerzo mi bistec o mi rosbif a la inglesa; como por la noche a la francesa...

DOÑA BIBIANA.- ¿No comerá usted cocido nunca?

BERNARDO.- Señora, cocido... jamás; y ceno...

DON DEOGRACIAS.- Por la mañana, ¿eh?

BERNARDO.- Sí señor.

DOÑA BIBIANA.- ¡Cómo me gusta ese arreglo!

DON DEOGRACIAS.- ¿Conque almorzará usted con nosotros?

BERNARDO.- Con muchísimo placer.

DOÑA BIBIANA.- (A DON DEOGRACIAS.) ¿Qué haces? Mira que no tenemos quien sirva.

DON DEOGRACIAS.- ¿Y qué importa? El señor conde traerá sus criados.

BERNARDO.- Mis criados... efectivamente, los tengo... (Aparte.) Este hombre...

DON DEOGRACIAS.- Francisco, el almuerzo; y el jockey del señor conde que entre.

BERNARDO.- ¡Jockey!

Escena VIII

DOÑA BIBIANA, DON DEOGRACIAS, JULIA, BERNARDO, FRANCISCO que sirve el almuerzo, el JOCKEY.JOCKEY.- (A BERNARDO.) Vengo a saber las órdenes de V. S.

BERNARDO.- (Aparte.) Pues señor, está visto, hay que dejarse llevar.

DON DEOGRACIAS.- (Acercándosele, mientras que ellas se miran al espejo y componen el peinado.) Bernardo, por Dios, que es usted el conde del Verde Saúco hasta el último trance, o no se casa usted con mi hija.

JOCKEY.- Señor, lo que V. S. mande.

BERNARDO.- Me parece que te puedes ir; o si no te puedes quedar.

JULIA.- (Asomándose al almacén.) ¡Ay, qué bonito tílburi!

JOCKEY.- Es el de mi amo el señor conde.

JULIA.- ¡Ay qué bonito, mamá, mire usted!

BERNARDO.- (A DON DEOGRACIAS.) ¿También tílburi? ¿Cómo saldremos de esto?

DON DEOGRACIAS.- ¿A usted qué le importa? -Vamos, señor conde, siéntese usted.

BERNARDO.- Permítame usted... Señoras. -Vamos, (Buscando para sí un nombre.) Simón, Pedro... -Mi jockey, Rodulfo, sírvenos.

DOÑA BIBIANA.- El señor conde nos dará noticias de París.

BERNARDO.- (Aparte.) Esta es otra.

DOÑA BIBIANA.- ¿Cómo deja usted París?

BERNARDO.- No hay novedad particular; ya ve usted, París...

DOÑA BIBIANA.- ¡Oh! Yo lo creo: ¿qué ópera nueva se echaba cuando usted vino?

BERNARDO.- Precisamente, cuando yo vine... ¡oh! Muy bonita.

DOÑA BIBIANA.- ¿Cómo se titula?

BERNARDO.- La... la... la, la, la, ¡qué fatalidad!... No acordarme yo ahora; y todo el día la estoy tarareando. (Aparte.) ¡Por vida de... -en fin, muy bonita!

DOÑA BIBIANA.- Ya ve usted, París... aquello será un gentío inmenso...

BERNARDO.- Y aquí de ópera ¿cómo estamos?

DOÑA BIBIANA.- Digo que aquello será un gentío.

BERNARDO.- (Aparte.) ¡Vuelta! -Señora, es una confusión; no se puede dar un paso; en fin, es una liorna. ¿Y aquí de ópera?

DOÑA BIBIANA.- Diga usted, ¿y qué vestidos llevan las señoras a los bailes?

BERNARDO.- (Aparte.) ¡Por vida mía! -Señora, yo no reparo; pero... sin embargo, muy bonitos.

DOÑA BIBIANA.- Yo lo creo: ¿qué telas son las más?...

BERNARDO.- Sí señora, de varias telas. (Aparte.) Estoy frito.

DOÑA BIBIANA.- (A JULIA.) Hija mía, distraído, como todos estos señores.

BERNARDO.- (A DON DEOGRACIAS.) ¿Y la ópera aquí?...

DON DEOGRACIAS.- Buena, muy buena; pero desentonan los coros.

DOÑA BIBIANA.- Eso no sucederá en París; ¿no es verdad señor conde?

BERNARDO.- Qué, no señora; ya ve usted...

DOÑA BIBIANA.- Ya me hago cargo, allí... sino que aquí en España, como somos así... tan...

JULIA.- Al señor conde le gustará mucho hablar de París... como es tan bueno...

BERNARDO.- Sí señora, mucho. -Conque aquí la ópera...

DON DEOGRACIAS.- ¿Usted no faltará nunca?

BERNARDO.- No, porque me guardan mi billete; ello cuesta más; pero es preciso desengañarse; es imposible concluir con los revendedores. Y usted, señor don Deogracias, ¿no es apasionado de la ópera?

DOÑA BIBIANA.- (Aparte.) Verá usted cómo dice alguna brutalidad. (Le pellizca.)

DON DEOGRACIAS.- Sí señor, mucho; pero de música... -mujer que me atenaceas- yo no entiendo una nota; y me gusta más ir al Pelayo de Quintana o al Viejo y la Niña de Moratín que a la ópera.

DOÑA BIBIANA.- ¿No lo dije? No haga usted caso, señor conde; mi marido no está en el tono; es un español, muy español, y nada más. (A DON DEOGRACIAS.) ¡Bruto! Tú me has de avergonzar por todas partes.

DON DEOGRACIAS.- Pero mujer... En fin, ¿te gusta el conde?

DOÑA BIBIANA.- ¡Qué fino! ¡cómo se conoce que viene de París! ¡qué maneras! a no ser quien es.

Escena IX

Dichos, el sastre BORDERÓ.BORDERÓ.- Felices, señor don Deogracias. Hola, ¿están ustedes comiendo ya? ¿Irán ustedes a los toros? Abur, doña Bibiana. (La da en el hombro.)

DOÑA BIBIANA.- Caballero, ¡qué franqueza! Tenga usted la bondad de reportarse; para la primera vez que me ve usted no deja de tener desembarazo; si busca usted a mi marido... vamos, hombre, despacha al señor.

BORDERÓ.- La primera vez que la veo... ¡ah! ¡ah! ¡ah! señora, perdone usted; yo pensé que el sastre Borderó, como antiguo parroquiano...

DOÑA BIBIANA.- Deogracias, ¡qué impertinencia! Usted, señor conde, excusará...

BERNARDO.- ¡Señora!

BORDERÓ.- ¡Señor conde! Hola, esta casa va subiendo como la espuma.

DON DEOGRACIAS.- (Le lleva al lado opuesto.) No haga usted caso de mi mujer.

BORDERÓ.- No, no vale la pena. Vengo por el terciopelo gris perle, y es preciso...

DON DEOGRACIAS.- Hombre, si pudiera usted volver... porque... la verdad, estamos en este momento haciendo los honores al señor conde del Verde Saúco, que almuerza con nosotros.

BORDERÓ.- El conde del Verde Saúco: ¿ha venido ya? ¿Quién es, aquél?

DON DEOGRACIAS.- Sí señor; pero, hombre, no mire usted con ese descaro: conque vuélvase usted a otra hora.

BORDERÓ.- ¡Qué casualidad! Precisamente le ando buscando por todas partes, porque desde que se fue a París me dejó una pella de cuatro mil reales por un surtout, un habit de chasse y un corsé ..

DON DEOGRACIAS.- Hombre, en mi casa... ¡Estamos frescos! (Aparte.) Esto es lo que yo no había calculado.

BORDERÓ.- Quite usted, verá usted. -Señor conde, señor conde del Verde Saúco.

BERNARDO.- (Aparte.) ¡Diantre! Apenas he tomado posesión del título, y ya todo el mundo me conoce. -¿Qué quiere usted?

DOÑA BIBIANA.- ¡Qué insolencia!

BORDERÓ.- ¿Vuestra señoría es el conde del Verde Saúco?...

BERNARDO.- Sin duda, vamos, acabe usted.

BORDERÓ.- Señor, soy el sastre Borderó, me he presentado varias veces en la fonda donde está V. S.

BERNARDO.- (Aparte.) En la fonda. Esto es cosa del padre; bueno.

BORDERÓ.- Y siempre me han despedido, ese mismo criado que trae V. S.; que V. S. no estaba visible, que tal, que...

JOCKEY.- Las órdenes del señor conde.

BERNARDO.- Bien, está bien; calla tú; ¿y qué?

BORDERÓ.- Yo he respetado esas órdenes... pero al fin tengo aquí una letra aceptada por V. S. y endosada a mi favor, cuyo término ha expirado.

DON DEOGRACIAS.- (Aparte.) Por San Telmo; lo hemos echado a perder. -Señor Borderó, el señor conde está en mi casa ahora, y...

BERNARDO.- (Aparte.) ¡Cómo disimulan! -Corriente... esa letra... veamos: (La ve, y dice aparte.) este es golpe del padre; de gentes elegantes es tener acreedores, y él ha encontrado uno en un momento. -Bien, cierto; pero ¿qué tengo yo que ver con esto? Es verdad que yo he contraído la deuda, pero ¡qué! ¿Quiere usted que yo también la pague? ¿Lo he de hacer yo todo? Véase usted con mi contador; los hombres de mi clase no acostumbramos a pagar las deudas nosotros mismos; o cree usted que soy un cualquiera.

BORDERÓ.- Ya sé que va mucha diferencia; pero está sentada en el consulado, y me sería muy sensible que por un asunto de esta clase se viese V. S. detenido...

DON DEOGRACIAS.- (Aparte.) Malo, todo se va a descubrir.

BORDERÓ.- Y preso en el consulado...

DOÑA BIBIANA y JULIA.- ¡Preso!

BERNARDO.- Señoras, este hombre está loco; ¿a mí? No es posible; ¿y a qué sube, una talega, o dos?

BORDERÓ.- Nada de eso... la bagatela de cuatro mil reales.

BERNARDO.- ¿Y para eso me viene usted a romper la cabeza? ¡Habrá insolencia!

BORDERÓ.- Señor, es verdad; pero V. S. lo debe...

BERNARDO.- Demasiado honor le hago a usted en acordarme de él para que me sirva, y para deberle, y para... en fin, eso es una futesa;

ahí está el señor Deogracias, tengo cuenta abierta con él; él se lo dará a usted. -Señoras, sigamos.

DON DEOGRACIAS.- ¿Cómo, cuatro mil reales yo?

DOÑA BIBIANA.- Sí, hombre; ¿qué puedes rehusar al señor conde? ¿Y qué entiendes tú de eso, y de los estilos de etiqueta... dalo?...

BERNARDO.- Efectivamente, es tan poca cosa, que yo, en igual caso, por usted...

DON DEOGRACIAS.- Sí, pero usted cree que esto es chanza, y en este momento estoy en una situación tan crítica... (Aparte.) También renunciar a una intriga que se presenta tan bien... tal vez se logre cobrarlo del conde verdadero... en fin... -Señor Borderó, venga usted conmigo.

BORDERÓ.- Mire usted que ya estoy aquí, me es indispensable llevar el muaré...

DON DEOGRACIAS.- Mi mujer se lo dará a usted. (A BERNARDO.) -Voy a dejarle a usted solo con ella, haré llamar a mi mujer...

BERNARDO.- Corriente, y siéntelo usted en el libro.

Escena X

DOÑA BIBIANA, JULIA, BERNARDO, JOCKEY. BERNARDO.- Estos tunantes piensan que no tiene uno otra cosa que hacer sino atender a sus impertinencias.

DOÑA BIBIANA.- Señor conde, ¿qué quiere usted? No tienen principios, ni educación... un sastre... como usted ha dicho muy bien, les hacen ustedes mucho honor en mirarlos, y mucho más en que puedan decirse sus acreedores.

BERNARDO.- ¿Quién lo duda? Sino que es una canalla desconocida, y...

Escena XI

Dichos y FRANCISCO.FRANCISCO.- Señora, mi amo la llama a usted por un momento.

DOÑA BIBIANA.- Jesús, ¡qué hombre! ¿He de dejar al señor conde?

BERNARDO.- Señora, sé lo que es el comercio; por mí no deje usted de hacer lo que se le ofrezca, sería ofenderme.

JULIA.- (Aparte.) Me dejan sola con él.

BERNARDO.- (Aparte.) Ha llegado el momento, y no se puede despreciar esta ocasión. -Rodulfo, a cuidar del tílburi.

Escena XII

JULIA y BERNARDO.BERNARDO.- (Cogiéndola las manos, y adelantándose sobre la escena.) Julia, qué ocasión tan feliz, y qué dicha la mía de poder ofrecer a usted mi amor: ¿está usted triste? Ciertamente; ¿qué tiene usted, Julita? ¿Le desagrada a usted este paso? (Aparte.) -Qué trabajo me cuesta fingir con ella también; ¡ah! Se paga del rango. -¿No me quiere usted contestar?

JULIA.- Señor conde, usted nos hace tanto favor, que no puedo menos de estarle agradecida, de quererle bien...

BERNARDO.- Favor, agradecimiento... es decir que no me ama usted; si usted me amara... los amantes nunca se hacen favor en amarse; la clase es para ellos despreciable.

JULIA.- ¿Y usted cree que para mí no lo es? Diga usted, cuando usted me seguía, ¿sabía yo que era usted conde, y mis ojos no le decían bastante claro que no me era indiferente?

BERNARDO.- ¡Qué oigo! Es decir que aunque yo no fuera el conde del Verde Saúco me amaría usted.

JULIA.- Señor conde, he dicho demasiado para lo que es permitido a una mujer; pero ya que antes de hablarnos le había dado a usted algunas muestras de inclinación, debo hablar. Si usted me hubiera dado una prueba como esta de amor, creería, como todos, que tengo las mismas ideas de mi madre, que no aprecio sino el oropel; pero ¡ah! no sabe usted la pena que he sentido cuando mi madre me dijo que el conde del Verde Saúco me pedía; se me cayó el alma a los pies, disimulé; pero acordándome de mi desconocido, y bien determinada a hacer al conde el objeto de mi desprecio, maldije su clase, el afán de mi madre... y sólo cuando reconocí en usted al mismo que ya mi corazón estimaba en secreto fue cuando volví a gozar de la tranquilidad que creí haber huido de mí para siempre.

BERNARDO.- Julia, ¿será cierto? (Aparte.) -Y he de hacer el tramposo, el loco a los ojos de esta mujer? No. -Julia, sepa usted...

JULIA.- ¡Ay! Alce usted: ¡por Dios! Papá viene.

BERNARDO.- Julia, si usted me quiere...

JULIA.- Sí, sí, cuente usted con mi amor; pero alce usted...

BERNARDO.- (Aparte.) Padre maldito, ¿por qué tan pronto? Hubiera sabido quién soy, que no tengo acreedores...

Escena XIII

JULIA, BERNARDO, DON DEOGRACIAS.DON DEOGRACIAS.- Señor conde, está usted servido, y aquí tiene usted el recibo.

BERNARDO.- Guárdelo usted; ya nos entenderemos.

JULIA.- Papá, ustedes van a hablar de asuntos, me iré con mamá.

BERNARDO.- Julita, usted nunca es un obstáculo...

JULIA.- No importa; hasta después, señor conde.

BERNARDO.- Agur, preciosa Julia.

DON DEOGRACIAS.- Bien, anda, ahora vamos allá. (Aparte.) Con eso le diré lo de la letra; piensa que es juego, y yo estoy desesperado.

DON DEOGRACIAS, BERNARDO.DON DEOGRACIAS.- Amigo Bernardo, esto...

BERNARDO.- Esto va divinamente; déme usted los brazos y la enhorabuena, amigo: no he perdido el tiempo; pero qué bien lo ha dispuesto usted todo, hasta fingir el acreedor, y la letra, y...

DON DEOGRACIAS.- Poco a poco, Bernardo; le contaré a usted...

BERNARDO.- Sí, sí, ya entiendo; es usted un portento de habilidad.

DON DEOGRACIAS.- Pero si no...

BERNARDO.- Es claro, si no, no se podría hacer bien; hubieran sospechado...

DON DEOGRACIAS.- No señor...

BERNARDO.- No; así, cómo es posible que den en ello. Pues señor, usted será hábil; pero confiese usted que yo no le voy en zaga; me he declarado a la chica, y no sólo he visto que me quiere, sino que la he fondeado, me he cerciorado de que no piensa como su madre, que no me quiere por ser conde; aunque no lo fuera me querría: ella misma me lo ha dicho, ahora, aquí, cuando usted vino... y aquel aire de candor... No, no me engaña; y usted ha sido un torpe en venir tan pronto...

DON DEOGRACIAS.- Cómo un torpe, todavía, después de soltar cuatro mil reales.

BERNARDO.- Déjese usted de bromas; sí señor; ni yo puedo ya fingir más; su hija de usted es preciosa, y si ella no se deja llevar del oropel, es preciso que todo se descubra, y ahora mismo voy, porque soy feliz...

DON DEOGRACIAS.- (Le detiene.) Hombre, venga usted acá; este hombre no me deja hablar, y todo lo va a echar a perder. La chica será todo lo que usted quiera, y le querrá a usted sin ser conde; pero la madre no: hombre, mire usted lo que hace, por las once mil vírgenes y todos los innumerables mártires de Zaragoza.

BERNARDO.- No importa, la chica será mía.

DON DEOGRACIAS.- Hombre, yo me voy a quedar sin cuatro mil reales y sin novio; venga usted acá, loco de atar, que todo se concluyó, si...

BERNARDO.- Pero queriendo usted y la chica...

DON DEOGRACIAS.- Aunque quieran todas las chicas del barrio, si mi mujer no quiere, usted y yo y la chica y todo el barrio saldremos arañados, y locos, y perdidos, y sin boda, y sin dinero, y sin ojos en la cara. Sosiéguese usted, siga su papel, que mi plan no está acabado; venga usted conmigo, aquí pueden volver y oírnos; en mi cuarto le acabaré a usted de explicar cómo se ha proporcionado este disfraz, y lo que hay, y lo que ha sucedido, y en fin, vamos, vamos a mi cuarto.

Acto III

Escena I

DON DEOGRACIAS y después PASCASIO.DON DEOGRACIAS.- Es preciso, sí, mi mujer es el diablo. Pascasio, Pascasio... este muchacho pudiera descubrirlo todo.

PASCASIO.- Señor.

DON DEOGRACIAS.- Mira, tú has sido criado del conde del Verde Saúco, ¿eh?

PASCASIO.- Sí señor, ya sabe usted que de su casa vine aquí, que la dejé porque nunca veía un cuarto de mis salarios, porque todo el día me traía hecho un zascandil: a casa del sastre; del acreedor a llevar esperanzas; del empeñador, del prestamista porque tenía su señoría un compromiso, y era preciso salir de él a toda costa.

DON DEOGRACIAS.- Bueno, bueno, ya me lo has dicho.

PASCASIO.- Pero sin embargo, le quiero, como a todos mis amos; eso es otra cosa, y en cuanto pudiera servirle que no fuera...

DON DEOGRACIAS.- Bueno, bueno. Mira, Pascasio, tú eres hombre callado.

PASCASIO.- Señor, desde que soy su jardinero de usted no creo...

DON DEOGRACIAS.- No, no me has dado ningún motivo de sentir, estoy contento; pero ven a mi cuarto; se trata de que ya que conoces al conde no descubras un proyecto que traigo entre manos.

PASCASIO.- Señor, ya sabe usted que yo...

DON DEOGRACIAS.- Sí, bien, te lo explicaré; ven a mi cuarto.

Escena II

El CONDE DEL VERDE SAÚCO, SIMÓN

FRANCISCO.FRANCISCO.- (Abriéndoles la mampara.) Aún tardarán, porque se están peinando; pero pasen ustedes aquí.

CONDE.- Mejor estaremos aquí que en esa antesala maldita.

SIMÓN.- Pero, señor, todo un conde del Verde Saúco andar en estos misterios y disfraces: ¿será posible que el amor le tenga a V. S. tan turbado, que no conozca que se pone en el caso de hacer un papel ridículo?

CONDE.- ¡Ah! ¡ah! ¡ah! No lo entiendes.

SIMÓN.- ¿Se ríe V. S.? pues cierto que es cosa de risa.

CONDE.- ¿No quieres que me ría, si no sabes de la misa la media? Amor, dices. ¿Cuándo me has visto tú enamorado, desde que eres mi ayuda de cámara? Eso es muy plebeyo, muy antiguo.

SIMÓN.- Pues, señor, entonces no alcanzo qué fin puede V. S llevar en introducirse así en casa de unos simples comerciantes, aguardar a que no esté el amo, pasar recado a la señora, y guardar aquí una rigurosa antesala, que V. S. mismo no se la hace hacer a un...

CONDE.- Verdad es; mira, ya que tú me acompañas en esta intriga, y que sabes que mi marcha es supuesta, quiero confiarme a ti. ¿Tú sabes cómo andan mis negocios?

SIMÓN.- Sí señor, lo sé.

CONDE.- ¿Que no tengo más esperanzas que las que me hace concebir mi tía, la que se está muriendo, pero que probablemente saldrá de este ataque como ha salido de otros diez, y vivirá todavía una porción de años?

SIMÓN.- Sí señor.

CONDE.- ¿Que estoy lleno de deudas, que ya lo estaba antes de ir a París, que allá me he acabado de arruinar? Ya se ve, esa maldita Josefina me ha desollado; pero vamos a ver, ¿qué remedio? Un

37/74

hombre de mi clase... es indispensable tener caballos, trenes, buena mesa, familia, palco en la ópera, vestirme por el mejor sastre, tener el mejor zapatero, vivir en un Hôtel carísimo... Luego esas niñas no están contentas si no se les regalan todos los días, cuando las pulseras de diamantes, cuando el aderezo, cuando un reloj; ni yo puedo hacer alto en eso: en una palabra, tú conoces las mujeres, y sabes como yo que para ser querido...

SIMÓN.- Sí señor, sí señor.

CONDE.- Luego hay que ir a sociedades; estando en una sociedad, es preciso jugar, y jugando es preciso perder, y perdiendo ya ves tú lo que se sigue: de suerte que yo, que ya necesitaba poco, tuve que volverme cuando mi contador, que hablando aquí para entre los dos es un solemne pícaro...

SIMÓN.- Sí señor.

CONDE.- Pero un pícaro que no puedo despedir, porque como no es moda tomar uno mismo sus cuentas, después de robarme tiene la habilidad de probarme que todavía le debo dinero y favores; pues, señor, tuve que volverme cuando este tal me escribió que no había más fondos; que la mayor parte de mis bienes estaban en hipoteca; que de lo libre nada quedaba sino cuatro miserables majuelos que no dan al cabo del año vino para llenar una botella, y que los acreedores le agobiaban, y era preciso...

SIMÓN.- Ya, ya entiendo.

CONDE.- Luego esta maldita circunstancia de no poder uno hacer nada sin que todo el mundo lo sepa ha hecho que la fama de mi ruina vaya siempre delante de mí a todas partes; de modo que el único medio que me quedaba de evitar una quiebra vergonzosa, que era el de enlazarme con otra de mi clase que repusiese mi casa, no hay que pensar en él; he reconocido mis asuntos, estoy cada vez más abrumado; con esto de no tener casa en Madrid, y estármela haciendo, tengo que estar en una fonda; he visto que es preciso un medio extraordinario para salvar mi honor; he tirado mis líneas por varias partes; estos son unos comerciantes riquísimos; la madre es loca por brillar, y lo puede todo con su hija, como todas las madres; el padre es otra cosa; pero esto ¿qué importa? Al fin es su marido, y sobre poco más o menos ya sabemos lo que mandan algunos maridos en su casa...

SIMÓN.- Ya, ya; ¿y trataría V. S. de casarse?...

CONDE.- ¿Y por qué no? Me parece que no soy el primero de mi clase...

SIMÓN.- Nada, nada: V. S. lo hace, bien hecho está. Pero entonces, hay más que presentarse cara a cara, porque estos que tienen dinero y son plebeyos darán todos sus caudales por un usía más o menos; son unos tontos, y no habían de rehusar...

CONDE.- Ellas no; pero ya te he dicho que el padre es otra cosa; pensando yo como tú, con la esperanza de deslumbrarle, le escribí pidiéndole su hija...

SIMÓN.- ¡Cáspita! De buenas a primeras. ¿Y qué respondió?

CONDE.- Lo que yo no podía esperar; que le es imposible acceder a mis deseos, por estar comprometido con un tal Bernardo, hijo de un amigo suyo don Benedicto Pujavante, de Barcelona, y que aunque no le conocen, la chica está enteramente a su favor, por la fama de sus buenas prendas; y que no podía verse conmigo, porque iba de caza.

SIMÓN.- ¡Y que haya V. S. sufrido ese bochorno! Y ahora ¿qué quiere V. S. hacer con venir y entrar, si la chica tiene novio, si el padre no quiere?...

CONDE.- Hay que mudar de plan; dime ¿te acuerdas tú de aquel hombre gordo que se quejaba tanto de su ojo y de su gota, que fue dos veces a verme en Barcelona, ahora a mi vuelta de París?

SIMÓN.- Sí señor, sí, pues no me tengo de acordar.

CONDE.- Pues aquel es el tal don Benedicto, comerciante en tapices, con quien tenía yo asuntos de dinero, y conozco a él y a toda su casa de toda la vida: de su hijo Bernardo también tengo noticias; es de mi cuerpo; en Barcelona quedaba cuando hemos venido; casualidad sería que viniese ahora mismo.

SIMÓN.- ¡Calle! ¿Y sería posible?...

CONDE.- Y muy posible, ya me has entendido. Ya ves que don Deogracias no está en casa en tres días lo menos; está de caza, como él mismo dice. Vengo, pregunto por las señoras; me presento, ya soy Bernardo; no tengas miedo, no me perderé; ya están prevenidas en mi favor, particularmente la chica; me tratan como novio; esta franqueza algo ha de producir; yo no soy despreciable, y me fío en mis fuerzas: todo es que yo coja dos cuartos de hora favorables, y vuelvo el seso a la chica, no es mi primera conquista. Va a venir el padre, un momento antes me declaro a la madre; es loca, y este es su flanco; en viéndome conde, no digo nada, la zalagarda que se arma en la casa; a esto se agrega que si la chica me quiere siendo Bernardo, ¿por qué no me ha de adorar siendo conde? Esto es cosa natural; y el padre gruñirá, y dirá... pero cuando vea que todo está hecho ¿qué ha de hacer? Ceder y soltar los millones del dote.

SIMÓN.- ¡Sopla! El plan no es malo; pero ¿qué tiene que ver todo eso con haber esparcido la voz de la marcha, con ocultarse hasta de los criados?

CONDE.- Sí señor, los acreedores me rompen la cabeza; en los ocho días que hace que estoy de vuelta, apenas he ido a parte alguna; se hubieran echado encima; y hasta ver el resultado de esta intriga me conviene estar oculto; si concluye bien, con el dote empezaré a hacer algunos pagos, y ya es otra cosa; si no, buscaré otro medio; en el ínterin hasta el jockey, que me ha dejado en la posada de la calle angosta de San Bernardo, lo ha creído.

SIMÓN.- Bueno, bueno: así ya tiene otro ver; pero me parece que vienen...

CONDE.- Retírate, pues; déjanos solos.

Escena III

EI CONDE, DOÑA BIBIANA, JULIA.DOÑA BIBIANA.- Pues tienes muy mal gusto, todo elegante debe tener deudas. Caballero, buenas tardes. (Bajo.) Julia, ¡qué traza de hombre! ¡Qué figura tan ordinaria!

CONDE.- Señoras, a los pies de ustedes: (Aparte.) ¡qué gesto!

DOÑA BIBIANA.- (Aparte.) A los pies de ustedes. ¡qué vulgaridad tan vieja! -¿Qué se le ofrece a usted?

CONDE.- (Aparte.) No sé cómo empezar. -Señora, creo que usted debe ser doña Bibiana.

DOÑA BIBIANA.- ¡Doña Bibiana! ¿De dónde viene usted ahora? Yo no soy doña Bibiana, ni...

CONDE.- (Aparte.) Calle; si me habré equivocado de casa; me parece que no. -¿Señora, no vive aquí don Deogracias de la Plantilla?

DOÑA BIBIANA.- Sí señor; ¿y qué?

CONDE.- Bien, y usted será su señora, doña Bibiana...

DOÑA BIBIANA.- Vuelta con doña Bibiana: ¡qué grosería! ¿No le he dicho a usted ya que no me llamo Bibiana? Me llamo Concha, y está usted muy atrasado...

CONDE.- (Aparte.) ¡Malo! Maldita equivocación; sin embargo. -Concha, es verdad, señora, disimúleme usted; acabo de llegar, traigo varias cartas de recomendación, y una muy interesante para una tal doña Bibiana, y traía este nombre en la cabeza; pero qué tontera la mía, mire usted si sabré cómo se llama usted; soy Bernardo Pujavante, y acabo de llegar de Barcelona. (Aparte.) ¡Qué frialdad!

DOÑA BIBIANA.- ¿Es usted don Bernardo?

CONDE.- Sí señora.

DOÑA BIBIANA.- (A JULIA.) Julia, qué ocasión de venir.

JULIA.- Ay, ¡mamá!

CONDE.- Y deseando presentarme a ustedes, aunque sé que el señor don Deogracias... (Aparte.) No me escuchan.

DOÑA BIBIANA.-   (A JULIA.) Si pudiéramos echarle; que no le viera Deogracias... quién sabe si volvería atrás... Voy a decirle que no está en casa.

CONDE.-   (Aparte.) ¡Cielos! ¡Qué recibimiento! -Como don Deogracias está...

DOÑA BIBIANA.-   Caballero, mi esposo está fuera; y yo no acostumbro hacer sus veces nunca; puede usted volverse pasado mañana, o el otro, en ese caso... porque, la verdad, aunque he oído hablar algo a mi esposo de un tal Bernardo, de Barcelona, ignoro qué asuntos puede tener con él, y no puedo sin su anuencia meterme en cosas que...

CONDE.-   (Aparte.) ¡Malísimo! -Señora, ciertamente que no esperaba este recibimiento; ni creo que usted se halle ignorante de los planes de su esposo; además de esto, yo no he buscado casa en Madrid donde alojarme, porque contaba con esta, como quien viene a ser yerno de don Deogracias.

DOÑA BIBIANA.- ¿Quién? ¿usted? ¿casarse con mi hija? Caballero, usted delira; con el hijo de un tapicero; cuidado que es imprudencia; he hablado muchas veces con mi esposo sobre el particular, y ciertamente que no me ha dicho nada de semejante proyecto; ni es posible que una boda de esta clase... y en fin, sobre todo, en cuanto a casa, mientras mi esposo no esté en ella me es imposible recibir a nadie; (Aparte.) con esto se irá pronto; estoy en brasas.

CONDE.-   ¡Vive Dios! Señora, yo hablaré con don Deogracias; veremos si hablo de memoria, y pondré en conocimiento de mi padre el trato indigno que ustedes me han dado.

DOÑA BIBIANA.- ¡Qué grosería! Insultar todavía a la madre de la que quiere por esposa; vamos, Julia, dejemos ahí a ese hombre. ¡Qué modales! ¡Qué diferencia de este al conde! Al fin hijo de un tapicero.

Escena IV

El CONDE, JULIA.CONDE.-   (Aparte.) ¡Qué rabia! Si pudiera hablar a la hija. -Señorita, señorita... ¿Usted también?...

JULIA.- (Aparte.) No me gusta nada, pero me da lástima. - Caballero, mamá tiene el genio bastante pronto, perdónela usted sus primeros ímpetus.

CONDE.- Ah, Julia; no me ha engañado la fama que ha llegado de usted a Barcelona, y ciertamente que no se la puede ver sin comenzar a amarla.

JULIA.- Déjeme usted. (Aparte.) ¡Cielos! Si viniera el conde. - Déjeme usted, mamá estará esperando.

CONDE.- Y bien, ¿qué debo hacer? Usted considere el conflicto en que quedo.

JULIA.- ¡Dios mío! Cierto... pero... suelte usted; yo... mire usted... no entiendo... ¿Qué quiere usted que le diga? ¿No oye usted? Que me llama ¡ay! Allá voy.

CONDE.- Julia, un momento todavía; ¿dónde la veré a usted? Prepare usted mejor a su mamá. Un momento. (Deteniéndola.)

JULIA.- No puedo; tenemos una visita de cumplimiento; está ahí el conde del Verde Saúco, agur.

CONDE.- ¿Cómo? ¿El conde del Verde Saúco ha dicho usted? ¡Julia, Julia!

Escena V

El CONDE.CONDE.- ¡Cielos! ¡Y que me suceda a mí esto! Por Dios que estoy lucido; pues el tal Bernardo tiene el campo a su favor; este hombre me ha engañado, fue una excusa. ¡Qué cólera! Y en esta circunstancia ¿qué hacer? Adiós esperanzas y dote. Pero, y este conde del Verde Saúco, estoy curioso; mas gente viene por aquí; ¿será acertado esconderme? sí, tal vez oiré lo que deseo saber.

Escena VI

DON DEOGRACIAS, BERNARDO, PASCASIO, el CONDE metido en el cenador.DON DEOGRACIAS.-   (A PASCASIO.) Pues anda listo, que se va a cerrar la tercena; mira que estoy sin rapé; que sea bueno, del de primera; y a casa de don Pedro con él, que allí te espero; y de lo otro, cuidado con chistar.

PASCASIO.- Señor, está bien.

Escena VII

Dichos, menos PASCASIO.BERNARDO.- ¿Es posible? ¿Conque no era ficción? ¡ah! ¡ah! ¡ah!

DON DEOGRACIAS.- ¿Qué había de ser? No, señor, duro sobre duro: ya ve usted que hemos empezado pagando bien el alquiler del nuevo personaje.

BERNARDO.- La fortuna es que el mismo conde del Verde Saúco lo pagará...

CONDE.- (Aparte.) Hablan de mí...

DON DEOGRACIAS.- ¿Qué ha de pagar?

BERNARDO.- ¿Pues no lo ha de pagar? Al momento que esto se acabe, bien o mal, le buscaré, y le haré reconocer su deuda, y...

CONDE.- (Aparte.) ¿Qué deuda es esta?

DON DEOGRACIAS.- No señor, no; aunque usted le cogiera por el cogote.

CONDE.- (Aparte.) Para descubrirme en esta casa.

DON DEOGRACIAS.- No ve usted que es un hombre arruinado, un calavera...

CONDE.- (Aparte.) ¡Bravo!

DON DEOGRACIAS.- En fin, es seguro que no pagará; a mí tampoco me importaría, como se lograse el objeto; pero si después mi mujer no cede, si mi hija Julia...

CONDE.- (Aparte.) ¿Es el padre? No tiene mal modo de estar en caza: ¡qué de engaños!

BERNARDO.- Pero hombre, ¿cómo le he de decir a usted que su hija me quiere?

CONDE.- (Aparte.) ¿Qué escucho?

DON DEOGRACIAS.- Sí señor, le querrá a usted mucho...

BERNARDO.- Pues no me ha de querer; yo me voy a descubrir a ella; yo no puedo pasar a sus ojos por lo que no soy...

CONDE.- (Aparte.) ¡Hola!

DON DEOGRACIAS.- Volvemos a las andadas.

BERNARDO.- Pero señor don Deogracias de mi alma, ¿hasta cuándo no he de ser yo el mismo que he sido toda mi vida?

DON DEOGRACIAS.- Hasta mañana; no pido más tiempo.

BERNARDO.- Pero ya ¿qué pretende usted?

DON DEOGRACIAS.- Sí señor, pretendo todavía. Mire usted, venga usted acá, santo varón, no nos oigan. Esta noche, mi mujer y mi hija no dejarán de ir a su sociedad; ya sabe usted cómo le he dicho que mi mujer me ha obligado a mí mismo a jugar, a perder, en fin, a echarla de elegante.

BERNARDO.- Sí, acabe usted.

DON DEOGRACIAS.- Bueno, pues esta noche fingiré irme con varios amigos, con el barón del Tahurete, ese truhán...

BERNARDO.- Sí señor.

DON DEOGRACIAS.- Pero, se me olvidaba; en primer lugar usted no puede ir a esa sociedad tratando de pasar todavía por él...

BERNARDO.- Adelante.

DON DEOGRACIAS.- Ya ve usted que es imposible; dentro de un rato se despide usted, se va a donde quiera...

BERNARDO.- Bueno, adelante. Usted, usted, ¿qué hace?

DON DEOGRACIAS.- Pues yo, como le he dicho a usted...

CONDE.- (Aparte.) Oigamos.

DON DEOGRACIAS.- Finjo irme con esos; no vuelvo por ellas, y cuando estén menos prevenidas... este es el gran golpe, verá usted cómo esto debe hacer un grande efecto.

BERNARDO.- Por Dios, adelante.

DON DEOGRACIAS.- Aguarde usted, porque esta es el alma del plan, es darle la última mano.

BERNARDO.- ¡Dios mío! Vamos.

DON DEOGRACIAS.- Hombre cachaza: ¿no nos oyen?

BERNARDO.- No señor, ¿qué han de oír? Ni un alma.

DON DEOGRACIAS.- Pues señor, entonces... pero, calle usted, mi hija.

BERNARDO.- Por vida del plan...

DON DEOGRACIAS.- Lo ve usted cómo hacía yo bien en irme con tiento; voy por mi caja, mientras que ustedes... allá...

BERNARDO.- Don Deogracias...

DON DEOGRACIAS.- Pero, hombre, si vuelvo.

BERNARDO, el CONDE y luego JULIA.CONDE.- (Aparte.) Por Dios, que llevo adelantados mis asuntos; y no me será fácil salir de aquí.

JULIA.- Señor conde.

CONDE.- (Aparte.) ¡Conde! ¡Bravo!

BERNARDO.- Ah, Julia: soy feliz; ciertamente que para el primer día que nos vemos hemos disfrutado algunas horas de la dicha de vernos juntos.

JULIA.- Ah, si me fuera permitido creer que el conde del Verde Saúco me ama tan de veras como dice...

CONDE.- (Aparte.) ¿Qué oigo? ¿Del Verde Saúco?...

BERNARDO.- Julia, ¿puede usted dudar de mi amor?

CONDE.- (Aparte.) ¿Y yo he de sufrir esto?

JULIA.- No; dudar, nunca; pero, qué sé yo; metido en el gran mundo, en los compromisos de la alta sociedad, qué pocos momentos puede usted dedicar a la memoria de su amada.

BERNARDO.- Verdad es, muchos atractivos tiene el mundo: pero crea usted, Julia mía, que desde que la amo, nada hay que pueda distraerme.

JULIA.- Sí, lo creo; pero tengo cierto cuidado... dicen que es usted valiente: ¿ha tenido usted muchos desafíos?

BERNARDO.- Señora, son compromisos inevitables, un hombre de mi categoría...

JULIA.- ¡Inevitables! Dígame usted, si tuviese usted una querida...

BERNARDO.- ¿Por qué lo ha de suponer usted, cruel, pudiendo usted asegurarlo? ¿No la tengo ya?

JULIA.- Sea así, y diga usted, ¿en ese caso tendría usted valor?...

BERNARDO.- ¿Quién lo duda? El honor...

JULIA.- ¿De irse a matar?

BERNARDO.- El honor...

JULIA.- ¡El honor! ¿Y para tener honor es preciso ser un bárbaro? Cruel, ¿y me quiere usted?

BERNARDO.- Pero, Julia mía, usted misma me despreciaría si viese que era capaz de rehusar un lance de honor: ¿no es verdad?

CONDE.- (Aparte.) No puedo sufrir más; yo le desafiaré. Pues he acertado en mudarme el nombre. (Saca una cartera, y escribe con lápiz sobre una hoja que después rompe; deja la cartera olvidada sobre el banco para cerrar la esquela, se va escurriendo hacia la puerta hasta marcharse.)

BERNARDO.- ¿No responde usted?

JULIA.- No me ama usted.

BERNARDO.- ¡Julia mía!...

JULIA.- Mire usted que viene mamá.

Escena IX

BERNARDO, JULIA, DOÑA BIBIANA.DOÑA BIBIANA.- Sigan ustedes; parece que el señor conde es tan amable como dicen.

JULIA.- Mamá, no sé por qué dice usted eso.

BERNARDO.- Su mamá de usted goza siempre de muy buen humor.

DOÑA BIBIANA.- ¿Y no puedo tomar parte en lo que ustedes hablaban?

JULIA.- Sí por cierto; decía al señor conde que no me gustan algunas modas, como los desafíos.

DOÑA BIBIANA.- Julia, no me parece que es esa la educación que te he dado; no haga usted caso, señor conde; es una niña...

BERNARDO.- Señora, dice muy bien: (Aparte.) ¡qué vergüenza Hacer este papel a sus ojos.

JULIA.- ¿Pero, mamá, los desafíos?... Aquí viene papá, verá usted como es de mi opinión.

Escena X

Dichos y DON DEOGRACIAS.JULIA.- Papá, llega usted a tiempo.

DON DEOGRACIAS.- Di, hija mía, ¿para qué?

JULIA.- Dígame usted; si tuviera usted una querida, y le desafiasen, tendría usted valor de dejarla, y...

DOÑA BIBIANA.- (Bajo a DON DEOGRACIAS.) ¡Bruto! No vayas a decir alguna gansada... Mira que está delante el señor conde..

BERNARDO.- La verdad, don Deogracias.

DON DEOGRACIAS.- (Aparte.) Es fuerza disimular.

JULIA.- Papá, ¿lo piensa usted tanto?

DON DEOGRACIAS.- Hija mía, te diré; un hombre fino, de cierto nacimiento, no puede rehusar esos lances de honor, y antes morirse que entregar la carta; yo creo que el señor conde pensará como yo.

DOÑA BIBIANA.- (Aparte.) Ya se va civilizando.

JULIA.- ¿Lo cree usted así? ¿De veras?

DON DEOGRACIAS.- ¿Y por qué no? Un hombre bien nacido ..

JULIA.- ¡Maldito nacimiento!

Dichos, y SIMÓN con una esquela.DON DEOGRACIAS.- ¿A quién busca usted?

SIMÓN.- ¿El señor conde del Verde Saúco está aquí?

BERNARDO.- (Aparte.) ¡Qué nueva diablura! Don Deogracias...

DON DEOGRACIAS.- (Bajo a BERNARDO.) Responda usted. (Aparte.) -Si será otro sastre.

BERNARDO.- ¿Qué tenía usted que mandarme?

SIMÓN.- ¿Es usted?

BERNARDO.- Sí señor; ¿no me ve usted?

SIMÓN.- Efectivamente. Se me acaba de dar esta esquela para entregarla a usted en propia mano, y con la mayor prontitud posible.

BERNARDO.- (La toma.) Cierto... Al conde del Verde Saúco... (Aparte.) Alguna entruchada del padre. (A DON DEOGRACIAS, bajo.) -Esto es también del plan...

DON DEOGRACIAS.- (Aparte.) ¡Puede! Vamos que el muchacho me ayuda, y sin decirme nada.

JULIA.- ¡Dios mío! Lo que me dice el corazón. Señor conde, señor conde, ¿me permite usted leérsela?...

DOÑA BIBIANA.- ¡Julia! Pero niña; ha visto usted, ¡qué grosería! ¿Dónde se ha visto?...

JULIA.- Mamá, si es un favor... nada más... se lo pido a usted.

BERNARDO.- Déjela usted; yo no puedo negarle a usted nada; (Aparte.) sea lo que fuere.

JULIA.- Ay, y qué deprisa se conoce que lo han escrito, y está con lápiz. (Lee.) «Señor conde, le supongo a usted un caballero; en esta inteligencia otro caballero, a quien ha ultrajado, le pide una satisfacción...» ¡Dios mío! Mi corazón me lo decía. (Se apoya sobre el hombro de su madre, llorando.)

BERNARDO.- ¿Una satisfacción? Déme usted, cierto; y en el café de... a las... ¿Yo?

DON DEOGRACIAS.- (Aparte.) ¡Bueno! A mí se me había olvidado; un desafío era indispensable: por eso traería él la conversación.

BERNARDO.- (A SIMÓN.) ¿Quién le envía a usted? Porque esta firma...

SIMÓN.- Señor, lo ignoro.

BERNARDO.- (Aparte.) ¡Bah, bah, bah! (A DON DEOGRACIAS, bajo.) Don Deogracias... aquella maldita interrupción del plan... pero ya estamos al cabo de la calle, ¿eh?

DON DEOGRACIAS.- (Aparte.) Sí que no hubiera dado en ello; pues lerdo es el niño.

BERNARDO.- (Aparte.) Es mucho don Deogracias. -Pero ¡Dios mío! Julita...

JULIA.- Déjeme usted... desde que hablábamos parece que me tocaba Dios en el corazón.

DOÑA BIBIANA.- Hija mía...

BERNARDO.- Pero esto no es nada; yo estoy muy acostumbrado a estos lances; esto es una bagatela, un rasguño, un ojo menos.

JULIA.- ¡Un ojo menos!

BERNARDO.- Pues, un ojo menos y unas botellas.- (A SIMÓN.) Bien está, bien; dígale usted al sujeto que no faltaré.

JULIA.- ¿Cómo tiene usted atrevimiento? Papá, ¿y me abandona usted?

DON DEOGRACIAS.- Hija mía, es preciso dejar correr las cosas, ya te casarás con el señor; pero primero es indispensable que se vaya a romper la cabeza con el insultado: las leyes del honor, todo lo exigen; el señor conde no es un cualquiera.

BERNARDO.- Julia, crea usted que esto no es nada, yo no soy cobarde...

DON DEOGRACIAS.- Efectivamente, señor conde, y parecería muy mal que por una niña se dejase usted silbar por sus iguales; debe usted romperse, no digo yo su cabeza, pero mil si las tuviera: es una moda muy puesta en razón... y tal vez será porque le haya usted quitado la acera; ¡oh! Sí, sí; en ese caso ¿cómo puede evitarse el lance? Y si yo no tuviera prisa, pero es tarde para mí, yo mismo sería su padrino.

BERNARDO.- ¿Pero se va usted?

JULIA.- ¡Papá!

DON DEOGRACIAS.- Pero ¿qué quieren ustedes que haga yo?; al momento vuelvo a comer y a saber el éxito.

JULIA.- Deténgale usted: es posible que sea yo tan desgraciada: ¡ah, maldito honor!

BERNARDO.- Don Deogracias, don Deogracias, ya es tarde; corre como un muchacho. Pero Julia, no se aflija usted, tal vez no se realizará: si es costumbre bárbara, los que la tienen procuran suavizarla: estas cosas son menos de lo que parecen... (A DOÑA BIBIANA.) Señora, le dejo a usted este sagrado depósito, y marcho a mi obligación.

JULIA.- ¡Mamá! ¡Ay! ¡Se va, y todos le han dejado ir! ¡Dios mío! ¿Qué le irá a suceder?

DOÑA BIBIANA.- Vamos, niña, ¿qué le ha de suceder? Te vas haciendo muy imprudente; mire usted si no ha de ir a un desafío; ¿pues hay cosa más racional? Pues si antes el conde ha insultado al otro, para repararlo y desagraviarle ¿no le ha de romper después la cabeza? Ven, te echarás. ¡Francisco! ¡Muchacha! -Ven, hija mía;

sosiégate, bebe un poco de agua y vinagre: eso no es nada, un desafío es para un elegante el pan nuestro de cada día.

Acto IV

Escena I

BERNARDO, FRANCISCO.BERNARDO.- ¡Hola, Francisco!

FRANCISCO.- Señor.

BERNARDO.- ¿Ha vuelto ya don Deogracias?

FRANCISCO.- Y ha vuelto a salir.

BERNARDO.- ¿Vendrá pronto?

FRANCISCO.- Me parece que no, porque al salir dijo que se iba a la lonja de ultramarinos, y allí ya se sabe, una hora, lo menos.

BERNARDO.- ¡Qué hombre! Cierto que es calma. ¿Y las señoras?

FRANCISCO.- La señorita está mejor. Cuando V. S. se fue, se echó, no quiso comer; pero después tanto le dijo su madre, que fue preciso levantarse y emperejilarse... y en el tocador están disponiéndose para la noche.

BERNARDO.- Bueno, vete; cuando venga don Deogracias, si no entra por aquí, avísame.

FRANCISCO.- Bien está.

Escena II

BERNARDO, solo.BERNARDO.- Es mucho don Deogracias; vea usted, y parece un pobre hombre; ¿quién había de decir que había de ingeniarse tanto? Porque es innegable que la ocurrencia de crear un desafío es excelente; ello mi trabajo me ha costado hacer bien mi papel con aquel ángel; aquellas lágrimas me partían el corazón, porque aunque tengo honor y no soy cobarde, no veo esta precisión de matarse a cada instante por un quítame allá esas pajas. Pero ¿quién es?

Escena III

BERNARDO, el CONDE entrando.CONDE.-	(Aparte.) Aquí está mi hombre.

BERNARDO.-	(Aparte.) Estoy tan azorado con la parte que falta del plan, que todo se me antoja nuevas invenciones.

CONDE.-	Caballero, palabra.

BERNARDO.-	(Aparte.) ¡Qué diablo de hombre!

CONDE.-	¿Usted es el señor conde del Verde Saúco?

BERNARDO.-	(Aparte.) ¡Cáspita! Yo no salgo de aquí; fuera no hago este papel; es cosa de don Deogracias; y sin avisarme...

CONDE.-	Caballero, ¿oyó usted que le hablé?

BERNARDO.-	Ah, sí; perdone usted, estaba distraído.

CONDE.-	Pregunto si tengo el honor de hablar al señor conde del Verde Saúco.

BERNARDO.-	Sí señor, yo soy.

CONDE.-	Muy señor mío: (Aparte.) -tengo de apurarle: -en ese caso, ya podremos hablar. ¿Habrá usted recibido una esquelita?

BERNARDO.-	Sí señor: (Aparte.) -esto me huele mal; a ser broma ¿a qué seguirla?...

CONDE.-	¿Y bien?

BERNARDO.-	¿Qué?

CONDE.-	Se le citaba a usted: (Aparte.) -es cobarde, y puedo gallear.

BERNARDO.-	Sí señor.

CONDE.-	(Aparte.) Apuradillo está. -¿Y bien?

BERNARDO.- ¿Qué?

CONDE.- Que usted no ha asistido.

BERNARDO.- Verdad que no.

CONDE.- Y entre hombres de honor, debe usted saber que... ¿eh?

BERNARDO.- (Aparte.) ¡Diantre! -Cierto, pero un compromiso... Si usted gusta podemos...

CONDE.- No señor, para qué; yo soy un hombre despreocupado, yo riño en cualquier parte: me parece que ese jardín... (Saca las pistolas, y dice aparte.) -con eso lo oirán en la casa, no reñiremos, y le descubriré.

BERNARDO.- Hombre, ¿aquí? Esta no es mi casa.

CONDE.- Sí señor, aquí; desde todas partes hay la misma distancia al otro mundo... vamos.

BERNARDO.- Hombre...

CONDE.- (Aparte.) Ya le tiemblan las pantorrillas.

BERNARDO.- (Se levanta.) Este empeño de que ha de ser aquí... Vaya, esto es broma; las pistolas no están cargadas sino con pólvora, y don Deogracias quiere hacerlo a lo vivo y que oigan el ruido.

CONDE.- Extraño mucho que todo un hombre como usted parezca abrigar unos sentimientos tan cobardes.

BERNARDO.- Yo cobardes...

CONDE.- Pues vamos; si mientras más lo piense usted peor le ha de parecer.

BERNARDO.- Pero venga usted acá; porque la verdad, a usted don Deogracias no le habrá pagado para que me... y para nuestro plan, aunque yo sepa que no tienen más que pólvora, ya ve usted que eso... en no sabiéndolo ellas...

CONDE.- (Aparte.) Ya se entrega. -¿Qué habla usted? ¿Yo pagado? Ese es un insulto; señor conde, defiéndase usted.

BERNARDO.- (Aparte.) Por Dios que es lance; esto no es broma: este es un asunto del verdadero conde; más sencillo es decirle que no soy el conde.

CONDE.- Vamos, a batirse.

BERNARDO.- Pues señor, camina usted bajo un supuesto infundado.

CONDE.- (Aparte.) Ya vomita, pero no le ha de valer; tengo de descubrirle. -¿Cómo?

BERNARDO.- Sí señor: no escuchen; yo no soy el conde, ni...

CONDE.- Señor conde, ¿quién lo hubiera pensado de usted? Añadir a la cobardía la bajeza de negarse; ¿no es usted el conde? El miedo...

BERNARDO.- El miedo, no le conozco; pero hable usted bajo: no lo soy; tengo motivos; en fin, mañana a estas horas le diré a usted...

CONDE.- ¿Cómo, usted quiere escaparse? Pero veremos si es usted el conde: aquí en esta casa le conocen a usted; veremos si delante de ellos sostiene usted...

BERNARDO.- (Aparte.) ¿Qué va a hacer? (El CONDE va a llamar.) Este hombre me descubre; (Va hacia el CONDE, le detiene, y muda de tono: amenazándole siempre y sujetándole.) venga usted acá; soy el conde; sí señor, nos batiremos, y sobre todo, aquí, a hablar bajo, o si no...

CONDE.- ¿Cómo? ¿Usted?

BERNARDO.- Chitón, vamos bajando el tono. Si hasta ahora por motivos particulares le he parecido a usted un cobarde, sepa que no lo soy; nos batiremos, pero sepamos con quién.

CONDE.- (Aparte.) Malísimo. -Señor, eso no es preciso.

BERNARDO.- Indispensable, y pronto.

CONDE.- (Aparte.) Es fuerza fingir, porque mi deuda... y este hombre no es el mismo.

BERNARDO.- ¿Eh? ¡Vamos!

CONDE.- (Aparte.) ¿Qué pierdo? Bernardo y más Bernardo, que para él es como no decirle nadie.

BERNARDO.- Vamos.

CONDE.- Pues señor, no me conocerá usted tal vez ya; sin embargo, yo soy de Barcelona, me llamo Bernardo Pujavante.

BERNARDO.- ¿Qué oigo?¿Usted Bernardo Pujavante? (Aparte.) - ¿Qué es esto?... ¡Ah, ah, ah! (Con sangre fría.) -¿Conque es usted Bernardo?

CONDE.- Sí señor.

BERNARDO.- Mire usted lo que usted dice, sabe usted que ese tal Bernardo le conozco yo, y...

CONDE.- ¿Usted?

BERNARDO.- Yo; y no se le parece a usted en nada.

CONDE.- ¡Bravo!

BERNARDO.- Ese Bernardo no es un elegante, no desafía, no dibuja con un florete; pero es un hombre que tampoco se deja insultar de nadie.

CONDE.- ¿Se atreve usted?

BERNARDO.- Sí señor, a usted; ¿y por qué no? Y ahora mismo he de saber quién es usted, ahora, o va usted a contarlo donde...

CONDE.- (Aparte.) Buena la he hecho; ¡qué le haya yo apurado!

BERNARDO.- ¿Se da usted priesa, o?...

CONDE.- Señor, la verdad; hablemos claros, yo no soy Bernardo; pero hágase usted cargo de la razón, porque yo me inclino a creer que usted no es tampoco quien dice, y entonces...

BERNARDO.- Eso no es del caso, y...

CONDE.- Pero, la verdad...

BERNARDO.- Dígame usted pronto quién es; yo soy el conde de Verde Saúco.

CONDE.- Pues señor, entonces, si no me deja usted ser Bernardo, no soy nadie.

BERNARDO.- ¿Cómo?

CONDE.- Porque yo, es verdad que no soy Bernardo, pero he creído siempre ser el conde del Verde Saúco; dispénseme usted.

BERNARDO.- ¿Quién? ¿Usted?

CONDE.- Señor, si usted no quiere, pero aquí tengo papeles que...

BERNARDO.- ¡Ah, ah, ah! Pues señor, es chistoso.

CONDE.- Cierto, es preciso confesar que es un lance chistoso.

BERNARDO.- Pero usted con el nombre de Bernardo, ¿qué objeto?... Yo necesito saberlo.

CONDE.- ¡Ah, ah, ah! Aquí no hay más que franquearnos uno con otro; beberemos unas botellas.

BERNARDO.- No pienso en eso, porque yo necesito ser conde todavía algún tiempo, a lo menos en esta casa, y yo a usted nunca le daré más satisfacción que ésta.

CONDE.- ¡Qué disparate! Yo soy un amigo de usted.

BERNARDO.- Pues yo no lo soy de usted, porque no hay motivo.

CONDE.- Vaya, vaya, esto es mejor echarlo a broma, y confesemos...

BERNARDO.- Señor mío, usted hará lo que yo quiera: pero gente viene; sálgase usted y chitón, y cuidado con venir aquí a hablar una palabra, y mucho menos a echarla de conde, sino cuando yo lo mande.

CONDE.- Pero señor, esto...

BERNARDO.- Y mañana a las seis en punto en la Puerta del Sol; necesito saber de usted varias cosas, agur.

CONDE.- ¡Y que me deje yo insultar! Estoy lucido.

Escena IV

Acaba de anochecer. BERNARDO, JULIA.JULIA.- (Con una palmatoria.) ¡Ay! ¿Me he dejado aquí mi pañuelo y mis guantes? Sí, cierto, aquí están; ¿cómo los había de encontrar? pero ¿quién está aquí?...

BERNARDO.- (Aparte.) Julia; ahora me preguntará, y yo me canso de fingir.

JULIA.- ¡Ah! ¿Era usted señor conde? Dígame usted, ¿qué ha resultado? ¡Cómo me tiene usted!

BERNARDO.- (Aparte.) ¿Qué la he de decir? -Nada, amable Julia; lo que le dije a usted, se echaron suertes, tocó a mi contrario tirar primero; pero por fortuna no salió el tiro, y saltó la piedra; yo no quise tirar, y los padrinos se interpusieron.

JULIA.- ¡Qué gozo! Y ha tenido usted valor de asustarme, y hacerme llorar; ¡ingrato!

BERNARDO.- Julia, perdóneme usted si...

JULIA.- Que le perdone... sí, sólo con dos condiciones, y le perdono a usted; pero jure usted cumplirlas.

BERNARDO.- ¿Y duda usted?

JULIA.- Júrelo usted.

BERNARDO.- Sí, lo juro.

JULIA.- Me ha de decir usted primero quién es el agresor; segundo, por qué.

BERNARDO.- ¡Cielos!

JULIA.- Ya lo entiendo; ¿no quiere usted decirlo?

BERNARDO.- Bien quisiera, pero me es imposible.

JULIA.- ¿Imposible?

BERNARDO.- Los hombres de mi clase solemos tener a veces pendientes cinco o seis asuntos de esta especie, y no saber...

JULIA.- ¿Cinco o seis? Señor conde, y en siendo su esposa de usted ¿hará usted lo mismo?

BERNARDO.- Siempre seré el mismo, y no podré...

JULIA.- ¿Y no puede usted dejar?... o deje usted de ser conde, o no cuente usted más con mi amor.

BERNARDO.- (Aparte.) ¡Cielos! ¡Qué ocasión! -Julia, créame usted lo que voy a decirla, y perdóneme usted si la he ocultado hasta ahora...

JULIA.- Ya, ya lo entiendo; no diga usted más; usted me ocultaba la causa de este lance; traidor, sin duda alguna otra pasión...

BERNARDO.- Yo traidor, otra pasión...

JULIA.- Pues, dígamelo usted.

BERNARDO.- Julia, otra pasión; yo mismo quiero creer que es algún amante de usted ofendido; sí, no tiene duda.

JULIA.- ¿Qué dice usted? ¿Qué señas tiene?

BERNARDO.- (Aparte.) ¡Hola! -De mi estatura, más alto, ojos negros, gran patilla...

JULIA.- Un frac de color, algo usado, guantes verdes.

BERNARDO.- Sí, el mismo; y espolines en las botas.

JULIA.- Eacute;l es, él es.

BERNARDO.- ¿Le conoce usted, Julia? ¿Quién es?

JULIA.- No se ha de enfadar usted conmigo...

BERNARDO.- Yo, Julia, con usted... cuente usted.

JULIA.- Señor conde; ese era un joven con quien tenía papá tratada mi boda antes de conocer a usted; llegó usted, y todo se desvaneció. Él estaba fuera; ni aún le conocíamos; pero con la esperanza de mi mano llegó esta mañana; mamá, a quien se presentó, porque papá no le viera le echó con cajas destempladas, se quejó a mí, me cogió la mano, me habló...

BERNARDO.- Concluya usted, ¿cómo se llama?

JULIA.- Bernardo Pujavante.

BERNARDO.- ¡Bernardo! (Aparte.) Ya lo entiendo ¡infame conde!

JULIA.- ¿Qué, se inquieta usted? Me habló; pero, se lo juro a usted, le aborrezco; es grosero, ordinario... ¡qué diferencia de Bernardo a usted! En fin, si cien veces viniera Bernardo a pedirme, si papá se empeñara, si el mundo entero se pusiera de su parte, yo firme le negaría mi mano, perecería, sufriría mil muertes antes que faltar a la fe que debo al conde del Verde Saúco: ¿no me cree usted?

BERNARDO.- (Aparte distraído.) Él la quiere; ha tomado mi nombre, como yo el suyo; pero ¿cómo ha podido saber que yo?...

JULIA.- Créame usted, sí; yo misma le desprecié, le dejé solo; y tal vez él ha averiguado después, le habrá visto a usted entrar y salir...

BERNARDO.- Sí, sin duda; estoy loco, loco; Julia, voy a ver a don Deogracias: Julia, téngame usted lástima.

JULIA.- Pero ¡qué! ¿Qué tiene usted? ¡Necia de mí! ¿Qué le he contado? ¿Será posible?

BERNARDO.- Julia, adiós, volveré; pero créame usted; de otro modo. (Vase.)

JULIA.- ¡De otro modo! ¡Dios mío! Señor conde, ¿qué es lo que me pasa? (Se arroja encima del banco de césped, y tropieza con la cartera que el CONDE dejó.) ¿Qué es esto? Una cartera, del conde, sí; pero mamá viene, es fuerza guardarla.

Escena V

DOÑA BIBIANA, JULIA.DOÑA BIBIANA.- Pero, hija mía, para buscar unos guantes tanto tiempo. ¡Válgame Dios!... ¿qué tienes? ¿lloras? ¿qué te sucede?

JULIA.- ¡Ah! Mamá, ¿no sabe usted?...

DOÑA BIBIANA.- ¡Qué! ¿Has sabido algo del desafío? ¿ha muerto? ¿salió herido? ¡Ay Dios mío! ¡qué desgracia! ¡maldita elegancia! ¡maldita moda! ¡Hija mía!

JULIA.- Mamá, sosiéguese usted; no es eso, no; ha salido bien.

DOÑA BIBIANA.- ¿Qué dices? Respiro; ni una gota de sangre me había quedado en todo el cuerpo; ya ves, una boda como esta; casarte con el primer elegante de Madrid, si me debía asustar; pero di, ¿qué es ello? ¿te quería engañar? ¿era un bribón?

JULIA.- Mamá...

DOÑA BIBIANA.- ¿Trata de deshacer la boda? ¿no quiere casarse ya? ¡ay Dios mío!

JULIA.- Pero mamá, si...

DOÑA BIBIANA.- ¡Haya picarón! Después de pedir tu mano volverse atrás; pero ¿por qué, por qué ha sido todo esto? Si eres un bruto; tú lo habrás echado a perder; ¿conque es decir que nos ha engañado?

JULIA.- Pero mamá, ¡por Dios! Déjeme usted; si no es eso. ¡Qué engaño ni qué nada! Si no es eso.

DOÑA BIBIANA.- Hija mía, ya ves tú lo que les pasa a otras; es preciso un ten con ten... vamos, y ¿qué fue?

JULIA.- Mamá, Bernardo, Bernardo...

DOÑA BIBIANA.- ¿Dónde está? ¿Qué ha hecho?

JULIA.- Es él que ha desafiado...

DOÑA BIBIANA.- Atrevido, al señor conde.

JULIA.- Sí señora, y yo he tenido la imprudencia de contarle al conde lo que había pasado, y ha creído sin duda que yo le he querido.

DOÑA BIBIANA.- ¿Le has contado?...

JULIA.- Fue inevitable; y si viera usted cómo se puso, loco, furioso; se fue diciendo que iba a hablar a papá...

DOÑA BIBIANA.- ¿A tu padre? Y a la hora de esta sabrá... Si le pudiera prevenir... Sí, yo le contaré lo que pasa; yo, yo misma desengañaré al conde; será un infierno la casa, sí señor, y mi marido lo sabrá ya, y nos lo estará callando; tal vez él mismo le protege; aquí viene: vete al almacén, déjame sola con él.

Escena VI

DON DEOGRACIAS, DOÑA BIBIANA.DOÑA BIBIANA.- Ven acá, ven acá; ¿qué es esto que pasa en casa? Tú piensas engañarme; pero, no lo lograrás; quítatelo de la cabeza, no se ha de hacer tu gusto; ¿callas? Ya te entiendo, responde.

DON DEOGRACIAS.- En buena hora he venido; pero, mujer, ¿qué es ello? ¿Yo engañarte?

DOÑA BIBIANA.- Sí señor, tú: ¿conque está aquí Bernardo?

DON DEOGRACIAS.- (Aparte.) ¡Qué oigo! Sabe ya que es Bernardo: -pero mujer, ¿cómo? (Aparte.) -Adiós plan.

DOÑA BIBIANA.- Pues qué, ¿piensas que yo no sé nada? Y tú también lo sabías; di, di que no.

DON DEOGRACIAS.- (Aparte.) Este maldito se habrá descubierto, por fuerza. -Es verdad que lo sabía; pero...

DOÑA BIBIANA.- ¿No digo yo? Pues mira, Deogracias, hablemos claros; precisamente como se porta tan bien, presentarse así... con ese descaro...

DON DEOGRACIAS.- (Aparte.) ¿No digo yo que se ha descubierto?

DOÑA BIBIANA.- Insultando a todo el mundo; eso es burlarse.

DON DEOGRACIAS.- (Aparte.) No hay sino tener paciencia. -Pero, mujer, tanto delito es... si él no quisiera a la chica no hubiera procedido así... ¿no ves que el mismo amor le ha obligado a hacer todo eso?

DOÑA BIBIANA.- Todavía le disculpas; ya está visto que nunca convendremos en este punto; y ¿a qué engañarme y hacerme creer?... vaya, yo... en una palabra, toma tu determinación, o despide a Bernardo al momento, o ni cuentes con tu mujer, ni con tu hija: ella le aborrece ahora más que nunca: le ha despreciado a él mismo.

DON DEOGRACIAS.- ¿A él mismo? ¡Pobre muchacho!

DOÑA BIBIANA.- Sí, a él mismo, sí; conque haz lo que gustes: pero no lograrás nunca que tu hija se case con ese hombre, por más astucias y por más engaños que fragües... (Vase.)

DON DEOGRACIAS.- ¡Bibiana! Esto no tiene remedio, se fue: si es una furia; y yo quisiera enfadarme, pero soy un pobre hombre.

Escena VII

DON DEOGRACIAS.DON DEOGRACIAS.- La hemos hecho buena; todo mi proyecto por tierra; y en el ínterin mi mujer gastando y triunfando. No, pues el resto de mi plan se ha de hacer; yo no quiero de la noche a la mañana encontrarme sin un cuarto, disipados mis caudales, no señor; yo guardaré mi oro, yo pondré orden en mi casa: ya que se frustró la boda con ese pobre muchacho, a lo menos no se perderá todo. Pero este imprudente ¿cómo lo habrá hecho? Y se lo dije yo... Mas él nada, empeñado en descubrirse; pero aquí viene mi hija; me irrito al verla; voy, voy a buscarle; él me dirá... o a lo menos le consolaré; ¡qué afligido debe estar!

Escena VIII

JULIA.JULIA.- Nadie hay aquí; en ese almacén maldito hay tanta gente... Y yo deseando ver mi cartera; del conde es... ¡Qué bonita! Veamos. (Lee.) «Cinco mil reales del tílburi, que no puedo pagar todavía.» Otra deuda; y el tílburi le debe, ¡ah! Qué poco me gusta este carácter. Si me caso con él, yo le corregiré, sí. «Ocho mil reales a la fonda:» ¡más deudas! ¡Dios mío! Una carta... ¿Qué es esto? «Amada Josefina:» ¡cielos! Si me engañará, la fecha es de hoy: «Amada Josefina, disipa tus sospechas infundadas, es verdad que te he confesado mi plan de boda con la Julia, y que la he pedido; pero ni en esto hay amor, ni siquiera inclinación, sólo una razón de conveniencia; mis asuntos lo exigen, su dote es crecido; en fin, desengáñate, y vuélveme tu cariño; tú misma cuando me haya casado y me veas más constante contigo que nunca...» ¡Infame! (Cae sobre el sillón.)

Acto V

Escena I

PASCASIO.

PASCASIO.- ¡Qué embajada! Enviarme ahora el conde del Verde Saúco, mi antiguo amo, un recado para que busque una cartera... Sí, dice que por aquí... Pues no está, y que dé esta esquela a mi amo; y cuánta cosa me ha dicho, que ya no necesita casarse, que su tía acaba de expirar, que hereda qué sé yo cuánto, y luego que mi amo don Deogracias se ha arruinado esta noche jugando. ¡Jesús! ¡Jesús! Qué de enredos y misterios, y... ¡Vaya! Y lo cierto es que van a dar las seis y mis señores todavía no han venido a recogerse, pues nunca les sucede; pero aquí están.

Escena II

DON DEOGRACIAS y después PASCASIO.DON DEOGRACIAS.- Vamos, que esta casa no parece sino una casa de orates ¡qué desorden! Todo abierto, nadie recogido al amanecer todavía, ni aquí hay una alma. Señor, señor, si concluiremos de una vez; este Bernardo ¿dónde estará? Por más que le he enviado a buscar, no parece desde ayer tarde; ello es preciso que yo le instruya de todo; ¿qué quieres?

PASCASIO.- Señor, acaban de darme esta carta para usted.

DON DEOGRACIAS.- Bien, anda con Dios; abre y barre el almacén: temprano empieza hoy la correspondencia, a estas horas... «A don Deogracias, &c...; el conde del Verde Saúco:» ¡otra! ¡Qué pesado es el tal señor! Si volverá a insistir, pues yo bien claro hablaba en la mía... ¡Eh! Luego la leeré, no estoy para perder tiempo. Francisco, Francisco.

Escena III

DON DEOGRACIAS, FRANCISCO.FRANCISCO.- Señor.

DON DEOGRACIAS.- ¿Y mi mujer y mi hija han vuelto ya?

FRANCISCO.- No señor. Quien ha estado hace un momento ha sido el señorito que almorzó aquí ayer... Tan elegante...

DON DEOGRACIAS.- Sí, ¿y qué?

FRANCISCO.- Mucho le incomodó no encontrarle a usted en casa; dice que ha corrido buscándole toda la noche, que ha oído decir qué sé yo qué cosas de ruina y pérdidas en el juego, y... venía asustado.

DON DEOGRACIAS.- Calla, (Aparte.) ¿él también lo ha creído? - ¿Y se fue?

FRANCISCO.- Dijo que tenía una cita a las seis con un conde o marqués... O qué sé yo; pero que volvía al momento.

DON DEOGRACIAS.- ¡Bueno! Pues ahora lo que corre más prisa es buscar a tus señoras; voy a ver si están todavía en casa del barón de la Palma, que parece que se las llevó para consolarlas. Veremos qué tripas les ha hecho la noticia de mi ruina; pero aquí vienen ya, vete; ¡buena mosca traen!

Escena IV

DON DEOGRACIAS, DOÑA BIBIANA, JULIA. Entran por el almacén, FRANCISCO abre.DOÑA BIBIANA.- ¡Jesús, Jesús qué noche! Parece que estaban conjuradas todas las sotas contra mi bolsillo. Pero es posible que tú también... Pues si veías que yo no tenía fortuna ¿por qué te fuiste a jugar?...

DON DEOGRACIAS.- Esas reconvenciones son inoportunas, llegan muy tarde; tú misma sabes que nunca había cogido un naipe; tú con esa maldita manía me has llevado al precipicio, porque era el jugar de elegantes; tú me has arruinado de mil modos; los criados, las libreas, el coche para todas partes, los vestidos, los brillantes, las esquelas impresas, hasta para dar parte de si íbamos a paseo, los convites, los bailes, los ambigús, en que todo Madrid se ha reído de nosotros; en fin, cuanto ha podido atraernos, juntamente con nuestra ruina, el desprecio de nuestros iguales, la indignación de nuestros superiores, y la mofa y las hablillas del pueblo entero. Ya no tiene remedio, volveremos a empezar a los cincuenta años, si el ridículo que nos hemos echado encima no nos hace morir de vergüenza.

DOÑA BIBIANA.- ¡Pero qué! ¿Estamos enteramente arruinados? No es posible.

DON DEOGRACIAS.- Ya te lo he dicho, hasta el almacén; en fin, no nos queda más que nuestra vanidad.

JULIA.- ¡Ah! Mamá, cuántas veces le decía yo a usted «no juegue usted.»

DOÑA BIBIANA.- Y qué, ¿querías que yo no jugara? ¿Qué importa? Tú nada habrás hecho, ni harás; yo me fui en este conflicto a casa del barón de la Palma; allí he escrito tres esquelas, cortando nuestra situación a la marquesa del Clavel, al barón de Baraundi, y al duque del Término, y estoy segura de que nos adelantarán... Conozco demasiado su amistad, y si ayer perdimos, otro día ganaremos.

DON DEOGRACIAS.- Así empiezan los caballeros de industria.

DOÑA BIBIANA.- Vamos, vamos a ver si vuelve ese lacayo de la marquesa, que enviamos a las tres partes.

Escena V

DON DEOGRACIAS.DON DEOGRACIAS.- Tú verás la respuesta de esos marqueses; pero a propósito de personajes, ¿qué me querría el bueno del conde con esta nueva carta? Veamos.

«Señor don Deogracias, es preciso confesar que me he divertido con usted; ¿conque se ha creído que un hombre de mi clase se hubiese de humillar hasta enlazarse con uno de la suya? Han variado las circunstancias, y estoy mucho más en el caso de despreciar a usted que en el de solicitar su amistad. Cuide usted de sus fardos... &c., &c.»

¡Ah, ah, ah! Cierto que me importa mucho que el señor conde me desprecie; pero ahora que me acuerdo, ¡ah! Si no se hubiera descubierto este infeliz Bernardo, ¡qué ocasión! ¡Qué carta! Ésta se la achacaría yo a él, como escrita después de haber sabido nuestra ruina: ¡oh, cómo le maldeciría, y entonces qué ocasión de descubrirse! Pero aquí están.

Escena VI

DOÑA BIBIANA, DON DEOGRACIAS, JULIA.DOÑA BIBIANA.- ¿Quién lo había de pensar de tanta amistad?

DON DEOGRACIAS.- ¡Qué! ¿Han venido las contestaciones de esos amigos tuyos?

DOÑA BIBIANA.- ¡Oh! Si nunca les hubiera escrito; mira tú, llamándome la marquesa del Clavel «la señora comercianta,» y el duque del Término «dígale usted a la tendera,» y que lo sienten mucho; ni se han dignado contestar. ¡Dios mío! ¡Qué ignominia!

DON DEOGRACIAS.- Ya me lo figuraba yo eso... (Aparte.) -Esto va a las mil maravillas.

DOÑA BIBIANA.- ¡Infames!

JULIA.- ¿Qué es esto que nos sucede?

DOÑA BIBIANA.- Aún nos queda una esperanza.

DON DEOGRACIAS.- ¿Cuál? Ya te entiendo, gracias a este escarmiento, ya pensarás con más juicio. Bernardo tal vez.

DOÑA BIBIANA.- ¿Quién? ¿Bernardo? ¿Vuelves a tu porfía? No ha de ser, no señor. El conde del Verde Saúco; ese quiere de veras a mi hija, aunque te pese; ese nos sacará de este apuro.

DON DEOGRACIAS.- ¿Quién? ¿El conde del Verde Saúco?

JULIA.- (Aparte.) ¡Dios mío! ¡En qué ocasión; yo le aborrezco.

DOÑA BIBIANA.- Ese es el único...

DON DEOGRACIAS.- (Aparte.) ¿Qué es esto? ¿Si habrán visto al verdadero conde? Él la quería, es cierto; ayer noche no estuve con ellas, y como ya habían descubierto a Bernardo, le admitirían; él la obsequiaría; y esta última carta la escribiría después de saber mi ruina; de cualquier modo que sea, nada arriesgo en enseñarla.

DOÑA BIBIANA.- ¿Qué piensas? ¿Qué dices?

DON DEOGRACIAS.- Mujer, no quería hablarte de esto; pero, mira una carta que acabo de recibir del conde. (Aparte.) No hay remedio, le han conocido esta noche, no se habrá marchado: claro está que no, cuando me escribe.

JULIA.- ¡Dios mío! ¡Añadir la infamia a la traición!

DOÑA BIBIANA.- Ya no hay ninguna esperanza.

DON DEOGRACIAS.- (Aparte.) Me dan lástima; pero demos el último golpe. -En fin, me parece que ya no queda más recurso que Bernardo; él es generoso, está enamorado, en sabiendo nuestra situación...

JULIA.- Ah, papá, nunca, nunca. Después del desaire hecho a Bernardo por el conde, sería para mí un verdugo su generosidad: he sido engañada, lo confieso; pero esta situación en que nos vemos deja una herida demasiado profunda en mi corazón, y harto haré en poder olvidar un amor neciamente puesto en un hombre indigno de ser querido, ni de querer.

DON DEOGRACIAS.- Hija mía, pero ese amor ¿cuándo se formalizó? ¿De cuánto tiempo? O yo estoy loco.

JULIA.- Papá mío, pocas horas han bastado; pero no haga usted mi tormento mayor recordándome mi ligereza...

DON DEOGRACIAS.- ¡Pobrecita!... (Aparte.) Mas Bernardo viene, en qué ocasión tan mala.

Escena VII

DON DEOGRACIAS, DOÑA BIBIANA, JULIA

BERNARDO.BERNARDO.- Familia desgraciada, hermosa Julia.

JULIA.- Aparte usted; aún tiene usted atrevimiento...

BERNARDO.- Julia, qué mudanza...

JULIA.- Tome usted, tome usted las pruebas de su cariño... (Le da su carta y la cartera.)

DON DEOGRACIAS.- Está loca; ¡pobre muchacha! Le da a Bernardo la carta del conde.

BERNARDO.- Julia, basta de ficción; esto no es mío.

JULIA.- ¿No es de usted?

BERNARDO.- Ni soy el conde del Verde Saúco, ni nunca lo he sido.

DOÑA BIBIANA.- ¿Qué dice?

JULIA.- ¿Usted no?

BERNARDO.- Efectivamente, el conde verdadero del Verde Saúco es el dueño de esta cartera.

JULIA.- ¿Quién?

BERNARDO.- El que se ha presentado a ustedes diciéndose Bernardo.

JULIA.- ¡Papá! -Y usted ¿quién?...

BERNARDO.- Yo soy el único Bernardo...

JULIA.- ¿Usted?

DOÑA BIBIANA.- ¿Usted? -Hombre, ¿qué dices?

DON DEOGRACIAS.- Sí, el señor; pero qué, ¿no lo sabías ya? ¿Pues no me dijiste, mujer, que sabías que Bernardo estaba aquí? Yo creí que habías descubierto que el señor era Bernardo, y no el conde, como suponíamos.

DOÑA BIBIANA.- ¡Jesús, Jesús! Yo sueño.

BERNARDO.- Señora, es cierto; y en pocas palabras le prometo aclarar el resto de duda que puede quedarle. Bástele ahora saber que soy Bernardo Pujavante. En este momento me he visto con el conde, a quien yo había citado esta mañana; nos hemos franqueado uno a otro, y todo está corriente. Sólo, pues, resta, Julia mía, que usted me perdone este ligero engaño.

JULIA.- ¿Por qué le ha usado usted conmigo?

BERNARDO.- Me equivoqué; ahora conozco que no merecía usted esta ficción; pero vengo a enmendar mi yerro, ofreciendo a usted con mi mano una remuneración en mis bienes del mal trato de la suerte.

DOÑA BIBIANA.- ¡Qué nobleza! ¡Y qué vergüenza para mí!

BERNARDO.- Sólo apetezco que su mamá de usted...

DOÑA BIBIANA.- Venga usted a mis brazos, noble joven, aunque no soy digna de ellos; estoy corregida de mi manía.

JULIA.- Conque ya no tendrá usted desafíos, ni trampas, ni...

BERNARDO.- Jamás, Julia; el amor y la virtud en una honrada medianía nos harán felices, y el trabajo y la economía los indemnizará a ustedes...

DON DEOGRACIAS.- No hay necesidad; ven a mis brazos, Bernardo, hijo mío; llegó el caso de descubrir el resto de mi plan; mi ruina es supuesta.

DOÑA BIBIANA.- ¿Qué dices?

JULIA.- ¡Papá!

BERNARDO.- ¿Supuesta?...

DON DEOGRACIAS.- Sí, hijos míos; quise aplicar este último correctivo a la locura de mi mujer, ha surtido efecto; y me doy por contento si conoce a lo que se expone el que trata de salirse de su esfera.

DOÑA BIBIANA.- ¡Ah! Esposo mío; perdona...

DON DEOGRACIAS.- Harto recompensado estoy si puedo cimentar mi futura felicidad en tu escarmiento; desde hoy te volverás a llamar Bibiana, y a pesar de la moda y del buen tono, mandaré yo en mi casa. Casaremos a nuestra hija, y nos honraremos con el trabajo; que si algo hay vergonzoso en la vida, no es el ganar de comer, siendo útil a la sociedad, sino el no hacer gala cada uno de su profesión, cuando es honrosa.

Alphonse Daudet

LES AVENTURES PRODIGIEUSES DE

TARTARIN DE TARASCON

(1872)

« En France, tout le monde est un peu de Tarascon. »

À mon ami GONZAGUE PRIVAT

Premier épisode

À Tarascon

I

Le Jardin du baobab

Ma première visite à Tartarin de Tarascon est restée dans ma vie comme une date inoubliable ; il y a douze ou quinze ans de cela, mais je m'en souviens mieux que d'hier. L'intrépide Tartarin habitait alors, à l'entrée de la ville, la troisième maison à main gauche sur le chemin d'Avignon. Jolie petite villa tarasconnaise avec jardin devant, balcon derrière, des murs très blancs, des persiennes vertes, et sur le pas de la porte une nichée de petits Savoyards jouant à la marelle ou dormant au bon soleil, la tête sur leurs boîtes à cirage.

Du dehors, la maison n'avait l'air de rien.

Jamais on ne se serait cru devant la demeure d'un héros. Mais, quand on entrait, coquin de sort !...

De la cave au grenier, tout le bâtiment avait l'air héroïque, même le jardin !...

Ô le jardin de Tartarin, il n'y en avait pas deux comme celui-là en Europe. Pas un arbre du pays, pas une fleur de France ; rien que des plantes exotiques, des gommiers, des calebassiers, des cotonniers, des cocotiers, des manguiers, des bananiers, des palmiers, un baobab, des nopals, des cactus, des figuiers de Barbarie, à se croire en pleine Afrique centrale, à dix mille lieues de Tarascon. Tout cela, bien entendu, n'était pas de grandeur naturelle, ainsi les cocotiers n'étaient guère plus gros que des betteraves, et le baobab (arbre géant, *arbor gigantea*) tenait à l'aise dans un pot de réséda ; mais c'est égal ! pour Tarascon, c'était déjà bien joli, et les personnes de la ville, admises le dimanche à l'honneur de contempler le baobab de Tartarin, s'en retournaient pleines d'admiration.

Pensez quelle émotion je dus éprouver ce jour-là en traversant ce jardin mirifique !... Ce fut bien autre chose quand on m'introduisit dans le cabinet du héros.

Ce cabinet, une des curiosités de la ville, était au fond du jardin, ouvrant de plain-pied sur le baobab par une porte vitrée.

Imaginez-vous une grande salle tapissée de fusils et de sabres, depuis en haut jusqu'en bas ; toutes les armes de tous les pays du monde : carabines, rifles, tromblons, couteaux corses, couteaux catalans, couteaux-revolvers, couteaux-poignards, kriss malais, flèches caraïbes, flèches de silex, coups-de-poing, casse-tête, massues hottentotes, lassos mexicains, est-ce que je sais !

Par là-dessus, un grand soleil féroce qui faisait luire l'acier des glaives et les crosses des armes à feu, comme pour vous donner encore plus la chair de poule... Ce qui rassurait un peu pourtant, c'était le bon air d'ordre et de propreté qui régnait sur toute cette yataganerie. Tout y était rangé, soigné, brossé, étiqueté comme dans une pharmacie, de loin en loin, un petit écriteau bonhomme sur lequel on lisait :

Flèches empoisonnées, n'y touchez pas !

Ou :

Armes chargées, méfiez-vous !

Sans ces écriteaux, jamais je n'aurais osé entrer.

Au milieu du cabinet, il y avait un guéridon. Sur le guéridon, un flacon de rhum, une blague turque les Voyages du capitaine Cook, les romans de Cooper, de Gustave Aimard, des récits de chasse, chasse à l'ours, chasse au faucon, chasse à l'éléphant, etc. Enfin, devant le guéridon, un homme était assis, de quarante à quarante-cinq ans, petit, gros, trapu, rougeaud, en bras de chemise, avec des caleçons de flanelle, une forte barbe courte et des yeux flamboyants ; d'une main il tenait un livre, de l'autre il brandissait une énorme pipe à couvercle de fer, et, tout en lisant je ne sais quel formidable récit de chasseurs de chevelures, il faisait, en avançant sa lèvre inférieure, une moue terrible, qui donnait à sa brave figure de petit rentier tarasconnais ce même caractère de férocité bonasse qui régnait dans toute la maison.

Cet homme, c'était Tartarin, Tartarin de Tarascon, l'intrépide, le grand, l'incomparable Tartarin de Tarascon.

II

Coup d'œil général jeté sur la bonne ville de Tarascon. – Les chasseurs de casquettes

Au temps dont je vous parle, Tartarin de Tarascon n'était pas encore le Tartarin qu'il est aujourd'hui, le grand Tartarin de Tarascon si populaire dans tout le Midi de la France. Pourtant – même à cette époque – c'était déjà le roi de Tarascon.

Disons d'où lui venait cette royauté.

Vous saurez d'abord que là-bas tout le monde est chasseur, depuis le plus grand jusqu'au plus petit. La chasse est la passion des Tarasconnais, et cela depuis les temps mythologiques où la Tarasque faisait les cent coups dans les marais de la ville et où les Tarasconnais d'alors organisaient des battues contre elle. Il y a beau jour, comme vous voyez.

Donc, tous les dimanches matin, Tarascon prend les armes et sort de ses murs, le sac au dos, le fusil sur l'épaule, avec un tremblement de chiens, de furets, de trompes, de cors de chasse. C'est superbe à voir... Par malheur le gibier manque, il manque absolument.

Si bêtes que soient les bêtes, vous pensez bien qu'à la longue elles ont fini par se méfier.

À cinq lieues autour de Tarascon, les terriers sont vides, les nids abandonnés. Pas un merle, pas une caille, pas le moindre lapereau, pas le plus petit cul-blanc.

Elles sont cependant bien tentantes, ces jolies collinettes tarasconnaises, toutes parfumées de myrte, de lavande de romarin ; et ces beaux raisins muscats gonflés de sucre, qui s'échelonnent au bord du Rhône, sont diablement appétissants aussi... Oui, mais il y a Tarascon derrière, et, dans le petit monde du poil et de la plume, Tarascon est très mal noté. Les oiseaux de passage eux-mêmes l'ont marqué d'une grande croix sur leurs feuilles de route, et quand les canards sauvages, descendant vers la Camargue en longs triangles, aperçoivent de loin les clochers de la ville, celui qui est en tête se met à crier bien fort : « Voilà Tarascon !... voilà Tarascon ! » et toute la bande fait un crochet.

Bref, en fait de gibier, il ne reste plus dans le pays qu'un vieux coquin de lièvre, échappé comme par miracle aux septembrisades tarasconnaises et qui s'entête à vivre là ! À Tarascon, ce lièvre est très connu. On lui a donné un nom. Il s'appelle le Rapide. On sait qu'il a son gîte dans la terre de M. Bompard – ce qui, par parenthèse, a doublé et même triplé le prix de cette terre – mais on n'a pas encore pu l'atteindre.

À l'heure qu'il est même, il n'y a plus que deux ou trois enragés qui s'acharnent après lui.

Les autres en ont fait leur deuil, et le Rapide est passé depuis longtemps à l'état de superstition locale, bien que le Tarasconnais soit très peu superstitieux de sa nature et qu'il mange les hirondelles en salmis, quand il en trouve.

Ah çà ! me direz-vous, puisque le gibier est si rare à Tarascon, qu'est-ce que les chasseurs tarasconnais font donc tous les dimanches ?

Ce qu'ils font ?

Eh mon Dieu ! ils s'en vont en pleine campagne, à deux ou trois lieues de la ville. Ils se réunissent par petits groupes de cinq ou six, s'allongent tranquillement à l'ombre d'un puits, d'un vieux mur, d'un olivier, tirent de leurs carniers un bon morceau de bœuf en daube, des oignons crus, un *saucissot*, quelques anchois, et commencent un déjeuner interminable, arrosé d'un de ces jolis vins du Rhône qui font rire et qui font chanter.

Après quoi, quand on est bien lesté, on se lève, on siffle les chiens, on arme les fusils, et on se met en chasse. C'est-à-dire que chacun de ces messieurs prend sa casquette, la jette en l'air de toutes ses forces et la tire au vol avec du 5, du 6 ou du 2 – selon les conventions.

Celui qui met le plus souvent dans sa casquette est proclamé roi de la chasse, et rentre le soir en triomphateur à Tarascon, la casquette criblée au bout du fusil, au milieu des aboiements et des fanfares.

Inutile de vous dire qu'il se fait dans la ville un grand commerce de casquettes de chasse. Il y a même des chapeliers qui vendent des casquettes trouées et déchirées d'avance à l'usage des maladroits ; mais on ne connaît guère que Bésuquet, le pharmacien, qui leur en achète. C'est déshonorant !

Comme chasseur de casquettes, Tartarin de Tarascon n'avait pas son pareil. Tous les dimanches matin, il partait avec une casquette neuve : tous les dimanches soir, il revenait avec une loque. Dans la petite maison du baobab, les greniers étaient pleins de ces glorieux trophées. Aussi, tous les Tarasconnais le reconnaissaient-ils pour leur maître, et comme Tartarin savait à fond le code du chasseur, qu'il avait lu tous les traités, tous les manuels de toutes les chasses possibles, depuis la chasse à la casquette jusqu'à la chasse au tigre birman, ces messieurs en avaient fait leur grand justicier cynégétique et le prenaient pour arbitre dans toutes leurs discussions.

Tous les jours, de trois à quatre, chez l'armurier Costecalde, on voyait un gros homme, grave et la pipe aux dents, assis sur un fauteuil de cuir vert, au milieu de la boutique pleine de chasseurs de casquettes, tous debout et se chamaillant. C'était Tartarin de Tarascon qui rendait la justice, Nemrod doublé de Salomon.

III

« Nan ! Nan ! Nan ! » Suite du coup d'œil général jeté sur la bonne ville de Tarascon

À la passion de la chasse, la forte race tarasconnaise joint une autre passion : celle des romances. Ce qui se consomme de romances dans ce petit pays, c'est à n'y pas croire. Toutes les vieilleries sentimentales qui jaunissent dans les plus vieux cartons, on les retrouve à Tarascon en pleine jeunesse, en plein éclat. Elles y sont toutes, toutes. Chaque famille a la sienne, et dans la ville cela se sait. On sait, par exemple, que celle du pharmacien Bézuquet, c'est :

Toi, blanche étoile que j'adore..

Celle de l'armurier Costecalde :

Veux-tu venir au pays des cabanes ?

Celle du receveur de l'Enregistrement :

Si j'étais-t-invisible, personne n'me verrait.

(Chansonnette comique.)

Et ainsi de suite pour tout Tarascon. Deux ou trois fois par semaine on se réunit les uns chez les autres et on se les chante. Ce qu'il y a de singulier, c'est que ce sont toujours les mêmes, et que, depuis si longtemps qu'ils se les chantent ces braves Tarasconnais n'ont jamais envie d'en changer. On se les lègue dans les familles, de père en fils, et personne n'y touche ; c'est sacré. Jamais même on ne s'en emprunte. Jamais il ne viendrait à l'idée des Costecalde de chanter celle des Bézuquet ni aux Bézuquet de chanter celle des Costecalde. Et pourtant vous pensez s'ils doivent les connaître depuis quarante ans qu'ils se les chantent. Mais non ! chacun garde la sienne et tout le monde est content.

Pour les romances comme pour les casquettes, le premier de la ville était encore Tartarin. Sa supériorité sur ses concitoyens consistait en ceci : Tartarin de Tarascon n'avait pas la sienne. Il les avait toutes.

Toutes !

Seulement c'était le diable pour les lui faire chanter. Revenu de bonne heure des succès de salon, le héros tarasconnais aimait bien mieux se plonger dans ses livres de chasse ou passer sa soirée au cercle que de faire le joli cœur devant un piano de Nîmes entre deux bougies de Tarascon. Ces parades musicales lui semblaient au-dessous de lui... Quelquefois cependant, quand il y avait de la musique à la pharmacie Bézuquet, il entrait comme par hasard, et après s'être bien fait prier, consentait à dire le grand duo de *Robert le Diable*, avec Mme Bézuquet la mère... Qui n'a pas entendu cela n'a jamais rien entendu... Pour moi, quand je vivrais cent ans, je verrais toute ma vie le grand Tartarin s'approchant du piano d'un pas solennel, s'accoudant, faisant sa moue, et sous le reflet vert des bocaux de la devanture, essayant de donner à sa bonne face l'expression satanique et farouche de Robert le Diable. À peine avait-il pris position, tout de suite le salon frémissait ; on sentait qu'il allait se passer quelque chose de grand... Alors, après un silence, Mme Bézuquet la mère commençait en s'accompagnant :

Robert, toi que j'aime
Et qui reçus ma foi,
Tu vois mon effroi (bis),
Grâce pour toi-même
Et grâce pour moi.

À voix basse, elle ajoutait : « À vous, Tartarin », et Tartarin de Tarascon, le bras tendu, le poing fermé, la narine frémissante, disait par trois fois d'une voix formidable, qui roulait comme un coup de tonnerre dans les entrailles du piano : « Non !... non !... non !... », ce qu'en bon Méridional il prononçait : « Nan !... nan !... nan !... » Sur quoi Mme Bézuquet la mère reprenait encore une fois :

Grâce pour toi-même
Et grâce pour moi.

– « Nan !... nan !... nan !... » hurlait Tartarin de plus belle, et la chose en restait là... Ce n'était pas long, comme vous voyez : mais c'était si bien jeté, si bien mimé, si diabolique, qu'un frisson de terreur courait dans la pharmacie, et qu'on lui faisait recommencer ses « Nan !... nan !... » quatre et cinq fois de suite.

Là-dessus Tartarin s'épongeait le front, souriait aux dames, clignait de l'œil aux hommes et, se retirant sur son triomphe, s'en allait dire au cercle d'un petit air négligent : « Je viens de chez les Bézuquet chanter le duo de *Robert le Diable* ! »

Et le plus fort, c'est qu'il le croyait !...

IV

Ils ! ! !

C'est à ces différents talents que Tartarin de Tarascon devait sa haute situation dans la ville.

Du reste, c'est une chose positive que ce diable d'homme avait su prendre tout le monde.

À Tarascon, l'armée était pour Tartarin. Le brave commandant Bravida, capitaine d'habillement en retraite, disait de lui : « C'est un lapin ! » et vous pensez que le commandant s'y connaissait en lapins, après en avoir tant habillé.

La magistrature était pour Tartarin. Deux ou trois fois, en plein tribunal, le vieux président Ladevèze avait dit, parlant de lui :

« C'est un caractère ! »

Enfin le peuple était pour Tartarin. Sa carrure, sa démarche, son air, un air de bon cheval de trompette qui ne craignait pas le bruit, cette réputation de héros qui lui venait on ne sait d'où, quelques distributions de gros sous et de taloches aux petits décrotteurs étalés devant sa porte, en avaient fait le lord Seymour de l'endroit, le roi des halles tarasconnaises Sur les quais, le dimanche soir, quand Tartarin revenait de la chasse, la casquette au bout du canon, bien sanglé dans sa veste de futaine, les portefaix du Rhône s'inclinaient pleins de respect, et se montrant du coin de l'œil les biceps gigantesques qui roulaient sur ses bras, ils se disaient tout bas les uns aux autres avec admiration :

« C'est celui-là qui est fort !... Il a DOUBLES MUSCLES ! »

DOUBLES MUSCLES ?

Il n'y a qu'à Tarascon qu'on entend de ces choses-là !

Et pourtant, en dépit de tout, avec ses nombreux talents, ses doubles muscles, la faveur populaire et l'estime si précieuse du brave commandant Bravida, ancien capitaine d'habillement, Tartarin n'était pas heureux ; cette vie de petite ville lui pesait, l'étouffait. Le grand homme de Tarascon s'ennuyait à Tarascon. Le fait est que pour une nature héroïque comme la sienne, pour une âme aventureuse et folle qui ne rêvait que batailles, courses dans les pampas, grandes chasses, sables du désert, ouragans et typhons, faire tous les dimanches une battue à la casquette et le reste du temps rendre la justice chez l'armurier Costecalde, ce n'était guère... Pauvre cher grand homme ! À la longue, il y aurait eu de quoi le faire mourir de consomption.

En vain, pour agrandir ses horizons, pour oublier un peu le cercle et la place du Marché, en vain s'entourait-il de baobabs et autres végétations africaines ; en vain entassait-il armes sur armes, kriss malais sur kriss malais ; en vain se bourrait-il de lectures romanesques, cherchant, comme l'immortel don Quichotte, à s'arracher par la vigueur de son rêve aux griffes de l'impitoyable réalité... Hélas ! tout ce qu'il faisait pour apaiser sa soif d'aventures ne servait qu'à l'augmenter. La vue de toutes ses armes l'entretenait dans un état perpétuel de colère et d'excitation. Ses rifles, ses flèches, ses lassos lui criaient « Bataille ! bataille ! » Dans les branches de son baobab, le vent des grands voyages soufflait et lui donnait de mauvais conseils. Pour l'achever, Gustave Aimard et Fenimore Cooper...

Oh ! par les lourdes après-midi d'été quand il était seul à lire au milieu de ses glaives, que de fois Tartarin s'est levé en rugissant ; que de fois il a jeté son livre et s'est précipité sur le mur pour décrocher une panoplie !

Le pauvre homme oubliait qu'il était chez lui à Tarascon, avec un foulard de tête et des caleçons, il mettait ses lectures en actions, et, s'exaltant au son de sa propre voix, criait en brandissant une hache ou un tomahawk :

« Qu'ils y viennent maintenant ! »

Ils ? Qui, *ils* ?

Tartarin ne le savait pas bien lui-même... *ils !* c'était tout ce qui attaque, tout ce qui combat, tout ce qui mord, tout ce qui griffe, tout ce qui scalpe, tout ce qui hurle, tout ce qui rugit... *Ils !* c'était l'Indien Sioux dansant autour du poteau de guerre où le malheureux blanc est attaché.

C'était l'ours gris des montagnes Rocheuses qui se dandine, et qui se lèche avec une langue pleine de sang. C'était encore le Touareg du désert, le pirate malais, le bandit des Abruzzes... *Ils*, enfin, c'était *ils* !... c'est-à-dire la guerre, les voyages, l'aventure, la gloire.

Mais, hélas ! l'intrépide Tarasconnais avait beau les appeler, *les* défier... *ils* ne venaient jamais... Pécaïré ! qu'est-ce qu'*ils* seraient venus faire à Tarascon ?

Tartarin cependant *les* attendait toujours, surtout le soir en allant au cercle.

V

Quand Tartarin allait au cercle

Le chevalier du Temple se disposant à faire une sortie contre l'infidèle qui l'assiège, le *tigre* chinois s'équipant pour la bataille, le guerrier comanche entrant sur le sentier de la guerre, tout cela n'est rien auprès de Tartarin de Tarascon s'armant de pied en cap pour aller au cercle, à neuf heures du soir, une heure après les clairons de la retraite.

Branle-bas de combat ! comme disent les matelots.

À la main gauche, Tartarin prenait un coup-de-poing à pointes de fer, à la main droite une canne à épée ; dans la poche gauche, un casse-tête ; dans la poche droite, un revolver. Sur la poitrine, entre drap et flanelle, un kriss malais. Par exemple, jamais de flèche empoisonnée ; ce sont des armes trop déloyales !...

Avant de partir, dans le silence et l'ombre de son cabinet, il s'exerçait un moment, se fendait, tirait au mur, faisait jouer ses muscles ; puis, il prenait son passe-partout, et traversait le jardin, gravement, sans se presser. – À l'anglaise, messieurs, à l'anglaise ! c'est le vrai courage. – Au bout du jardin, il ouvrait la lourde porte de fer. Il l'ouvrait brusquement, violemment, de façon à ce qu'elle allât battre en dehors contre la muraille... S'*ils* avaient été derrière, vous pensez quelle marmelade !... Malheureusement, *ils* n'étaient pas derrière.

La porte ouverte, Tartarin sortait, jetait vite un coup d'œil de droite et de gauche, fermait la porte à double tour et vivement. Puis en route.

Sur le chemin d'Avignon, pas un chat. Portes closes, fenêtres éteintes. Tout était noir De loin en loin un réverbère, clignotant dans le brouillard du Rhône...

Superbe et calme, Tartarin de Tarascon s'en allait ainsi dans la nuit, faisant sonner ses talons en mesure, et du bout ferré de sa canne arrachant des étincelles aux pavés.. Boulevards, grandes rues ou ruelles, il avait soin de tenir toujours le milieu de la chaussée, excellente mesure de précaution qui vous permet de voir venir le danger, et surtout d'éviter ce qui, le soir, dans les rues de Tarascon, tombe quelquefois des fenêtres. À lui voir tant de prudence, n'allez pas croire au moins que Tartarin eût peur... Non ! seulement il se gardait.

La meilleure preuve que Tartarin n'avait pas peur, c'est qu'au lieu d'aller au cercle par le cours, il y allait par la ville, c'est-à-dire par le plus long, par le plus noir, par un tas de vilaines petites rues au bout desquelles on voit le Rhône luire sinistrement. Le pauvre homme espérait toujours qu'au détour d'un de ces coupe-gorge *ils* allaient s'élancer de l'ombre et lui tomber sur le dos. *Ils* auraient été bien reçus, je vous en réponds... Mais, hélas ! par une dérision du destin, jamais, au grand jamais, Tartarin de Tarascon n'eut la chance de faire une mauvaise rencontre. Pas même un chien, pas même un ivrogne. Rien !

Parfois cependant une fausse alerte. Un bruit de pas, des voix étouffées... « Attention ! » se disait Tartarin, et il restait planté sur place, scrutant l'ombre, prenant le vent, appuyant son oreille contre terre à la mode indienne… Les pas approchaient. Les voix devenaient distinctes… Plus de doutes ! *Ils* arrivaient… *Ils* étaient là. Déjà Tartarin, l'œil en feu, la poitrine haletante, se ramassait sur lui-même comme un jaguar, et se préparait à bondir en poussant son cri de guerre… quand tout à coup, du sein de l'ombre, il entendait de bonnes voix tarasconnaises l'appeler bien tranquillement :

« Té ! vé !… c'est Tartarin… Et adieu, Tartarin ! »

Malédiction ! c'était le pharmacien Bézuquet avec sa famille qui venait de chanter *la sienne* chez les Costecalde. – « Bonsoir ! bonsoir ! » grommelait Tartarin, furieux de sa méprise ; et, farouche, la canne haute, il s'enfonçait dans la nuit.

Arrivé dans la rue du cercle, l'intrépide Tarasconnais attendait encore un moment en se promenant de long en large devant la porte avant d'entrer… À la fin, las de *les* attendre et certain qu'*ils* ne se montreraient pas, il jetait un dernier regard de défi dans l'ombre et murmurait avec colère : « Rien !… rien !… jamais rien ! »

Là-dessus le brave homme entrait faire son bésigue avec le commandant.

VI

Les Deux Tartarin

Avec cette rage d'aventures, ce besoin d'émotions fortes, cette folie de voyages, de courses, de diable au vert, comment diantre se trouvait-il que Tartarin de Tarascon n'eût jamais quitté Tarascon ?

Car c'est un fait. Jusqu'à l'âge de quarante-cinq ans, l'intrépide Tarasconnais n'avait pas une fois couché hors de sa ville. Il n'avait pas même fait ce fameux voyage à Marseille, que tout bon Provençal se paie à sa majorité. C'est au plus s'il connaissait Beaucaire, et cependant Beaucaire n'est pas bien loin de Tarascon, puisqu'il n'y a que le pont à traverser. Malheureusement ce diable de pont a été si souvent emporté par les coups de vent, il est si long, si frêle, et le Rhône a tant de largeur à cet endroit que, ma foi ! vous comprenez... Tartarin de Tarascon préférait la terre ferme.

C'est qu'il faut bien vous l'avouer, il y avait dans notre héros deux natures très distinctes. « Je sens deux hommes en moi », a dit je ne sais quel Père de l'Église. Il l'eût dit vrai de Tartarin qui portait en lui l'âme de don Quichotte, les mêmes élans chevaleresques, le même idéal héroïque, la même folie du romanesque et du grandiose ; mais malheureusement n'avait pas le corps du célèbre hidalgo, ce corps osseux et maigre, ce prétexte de corps, sur lequel la vie matérielle manquait de prise, capable de passer vingt nuits sans déboucler sa cuirasse et quarante-huit heures avec une poignée de riz... Le corps de Tartarin, au contraire, était un brave homme de corps, très gras, très lourd, très sensuel, très douillet, très geignard, plein d'appétits bourgeois et d'exigences domestiques, le corps ventru et court sur pattes de l'immortel Sancho Pança.

Don Quichotte et Sancho Pança dans le même homme ! vous comprenez quel mauvais ménage ils y devaient faire ! quels combats ! quels déchirements !...

Ô le beau dialogue à écrire pour Lucien ou pour Saint-Évremond, un dialogue entre les deux Tartarin, le Tartarin-Quichotte et le Tartarin-Sancho ! Tartarin-Quichotte s'exaltant aux récits de Gustave Aimard et criant : « Je pars ! »

Tartarin-Sancho ne pensant qu'aux rhumatismes et disant : « Je reste. »

TARTARIN-QUICHOTTE, *très exalté* : – Couvre-toi de gloire, Tartarin.

TARTARIN-SANCHO, *très calme* : – Tartarin, couvre-toi de flanelle.

TARTARIN-QUICHOTTE, *de plus en plus exalté :* – Ô les bons rifles à deux coups ! ô les dagues, les lassos, les mocassins !

TARTARIN-SANCHO, *de plus en plus calme :* – Ô les bons gilets tricotés ! les bonnes genouillères bien chaudes ! ô les braves casquettes à oreillettes !

TARTARIN-QUICHOTTE, *hors de lui* : – Une hache ! qu'on me donne une hache !

TARTARIN-SANCHO, *sonnant la bonne* : – Jeannette, mon chocolat.

Là-dessus, Jeannette apparaît avec un excellent chocolat, chaud, moiré, parfumé, et de succulentes grillades à l'anis, qui font rire Tartarin-Sancho en étouffant les cris de Tartarin-Quichotte.

Et voilà comme il se trouvait que Tartarin de Tarascon n'eût jamais quitté Tarascon.

VII

Les Européens à Shanghaï. – Le Haut Commerce. – Les Tartares. – Serait-il un imposteur ? – Le Mirage

Une fois cependant Tartarin avait failli partir, pour un grand voyage.

Les trois frères Garcio-Camus, des Tarasconnais établis à Shanghaï, lui avaient offert la direction d'un de leurs comptoirs là-bas. Ça, par exemple, c'était bien la vie qu'il lui fallait. Des affaires considérables, tout un monde de commis à gouverner, des relations avec la Russie, la Perse, la Turquie d'Asie, enfin le Haut Commerce.

Dans la bouche de Tartarin, ce mot de Haut Commerce vous apparaissait d'une hauteur !…

La maison de Garcio-Camus avait en outre cet avantage qu'on y recevait quelquefois la visite des Tartares. Alors vite on fermait les portes. Tous les commis prenaient les armes, on hissait le drapeau consulaire, et pan ! pan ! par les fenêtres, sur les Tartares.

Avec quel enthousiasme Tartarin-Quichotte sauta sur cette proposition, je n'ai pas besoin de vous le dire ; par malheur, Tartarin-Sancho n'entendait pas de cette oreille-là, et, comme il était le plus fort, l'affaire ne put pas s'arranger. Dans la ville, on en parla beaucoup. Partira-t-il ? ne partira-t-il pas ? Parions que si, parions que non. Ce fut un événement… En fin de compte, Tartarin ne partit pas, mais toutefois cette histoire lui fit beaucoup d'honneur. Avoir failli aller à Shanghaï ou y être allé, pour Tarascon, c'était tout comme. À force de parler du voyage de Tartarin, on finit par croire qu'il en revenait, et le soir, au cercle, tous ces messieurs lui demandaient des renseignements sur la vie à Shanghaï, sur les mœurs, le climat, l'opium, le Haut Commerce.

Tartarin, très bien renseigné, donnait de bonne grâce les détails qu'on voulait et, à la longue, le brave homme n'était pas bien sûr lui-même de n'être pas allé à Shanghaï, si bien qu'en racontant pour la centième fois la descente des Tartares, il en arrivait à dire très naturellement : « Alors, je fais armer mes commis, je hisse le pavillon consulaire, et pan ! pan ! par les fenêtres, sur les Tartares. » En entendant cela, tout le cercle frémissait…

– Mais alors, votre Tartarin n'était qu'un affreux menteur.

Non ! mille fois non ! Tartarin n'était pas un menteur…

– Pourtant, il devait bien savoir qu'il n'était pas allé à Shanghaï !

– Eh sans doute, il le savait. Seulement…

Seulement, écoutez bien ceci. Il est temps de s'entendre une fois pour toutes sur cette réputation de menteurs que les gens du Nord ont faite aux Méridionaux. Il n'y a pas de menteurs dans le Midi, pas plus à Marseille qu'à Nîmes, qu'à Toulouse, qu'à Tarascon. L'homme du Midi ne ment pas, il se trompe. Il ne dit pas toujours la vérité, mais il croit la dire... Son mensonge à lui, ce n'est pas du mensonge, c'est une espèce de mirage...

Oui, du mirage !... Et pour bien me comprendre, allez-vous-en dans le Midi, et vous verrez. Vous verrez ce diable de pays où le soleil transfigure tout, et fait tout plus grand que nature. Vous verrez ces petites collines de Provence pas plus hautes que la butte Montmartre et qui vous paraîtront gigantesques, vous verrez la Maison carrée de Nîmes – un petit bijou d'étagère – qui vous semblera aussi grande que Notre-Dame. Vous verrez... Ah ! le seul menteur du Midi, s'il y en a un, c'est le soleil... Tout ce qu'il touche, il l'exagère !... Qu'est-ce que c'était que Sparte aux temps de sa splendeur ? Une bourgade... Qu'est-ce que c'était qu'Athènes ? Tout au plus une sous-préfecture... et pourtant dans l'Histoire elles nous apparaissent comme des villes énormes. Voilà ce que le soleil en a fait...

Vous étonnerez-vous après cela que le même soleil, tombant sur Tarascon, ait pu faire d'un ancien capitaine d'habillement comme Bravida, le brave commandant Bravida, d'un navet un baobab, et d'un homme qui avait failli aller à Shanghaï un homme qui y était allé ?

VIII

La Ménagerie Mitaine. – Un lion de l'Atlas à Tarascon. – Terrible et solennelle entrevue

Et maintenant que nous avons montré Tartarin de Tarascon comme il était en son privé, avant que la gloire l'eût baisé au front et coiffé du laurier séculaire, maintenant que nous avons raconté cette vie héroïque dans un milieu modeste, ses joies, ses douleurs, ses rêves, ses espérances, hâtons-nous d'arriver aux grandes pages de son histoire et au singulier événement qui devait donner l'essor à cette incomparable destinée.

C'était un soir, chez l'armurier Costecalde. Tartarin de Tarascon était en train de démontrer à quelques amateurs le maniement du fusil à aiguille, alors dans toute sa nouveauté... Soudain la porte s'ouvre, et un chasseur de casquettes se précipite effaré dans la boutique, en criant : « Un lion !... un lion !... » Stupeur générale, effroi, tumulte, bousculade, Tartarin croise la baïonnette, Costecalde court fermer la porte. On entoure le chasseur, on l'interroge, on le presse, et voici ce qu'on apprend : la ménagerie Mitaine, revenant de la foire de Beaucaire, avait consenti à faire une halte de quelques jours à Tarascon et venait de s'installer sur la place du Château avec un tas de boas, de phoques, de crocodiles et un magnifique lion de l'Atlas.

Un lion de l'Atlas à Tarascon ! Jamais, de mémoire d'homme, pareille chose ne s'était vue. Aussi comme nos braves chasseurs de casquettes se regardaient fièrement ! quel rayonnement sur leurs mâles visages, et, dans tous les coins de la boutique Costecalde que les bonnes poignées de mains silencieusement échangées ! L'émotion était si grande, si imprévue, que personne ne trouvait un mot à dire...

Pas même Tartarin. Pâle et frémissant, le fusil à aiguille encore entre les mains, il songeait debout devant le comptoir... Un lion de l'Atlas, là, tout près, à deux pas ! Un lion ! c'est-à-dire la bête héroïque et féroce par excellence, le roi des fauves, le gibier de ses rêves, quelque chose comme le premier sujet de cette troupe idéale qui lui jouait de si beaux drames dans son imagination...

Un lion, mille dieux ! ! !

Et de l'Atlas encore !... C'était plus que le grand Tartarin n'en pouvait supporter...

Tout à coup un paquet de sang lui monta au visage.

Ses yeux flambèrent. D'un geste convulsif il jeta le fusil à aiguille sur son épaule, et, se tournant vers le brave commandant Bravida, ancien capitaine d'habillement, il lui dit d'une voix de tonnerre : « Allons voir ça, commandant. »

« Hé ! bé... hé ! bé... Et mon fusil !... mon fusil à aiguille que vous emportez !... » hasarda timidement le prudent Costecalde ; mais Tartarin avait tourné la rue, et derrière lui tous les chasseurs de casquettes emboîtant fièrement le pas.

Quand ils arrivèrent à la ménagerie, il y avait déjà beaucoup de monde. Tarascon, race héroïque, mais trop longtemps privée de spectacle à sensations, s'était rué sur la baraque Mitaine et l'avait prise d'assaut.

Aussi la grosse Mme Mitaine était bien contente... En costume kabyle, les bras nus jusqu'au coude, des bracelets de fer aux chevilles, une cravache dans une main, dans l'autre un poulet vivant, quoique plumé, l'illustre dame faisait les honneurs de la baraque aux Tarasconnais, et comme elle avait *doubles muscles*, elle aussi, son succès était presque aussi grand que celui de ses pensionnaires.

L'entrée de Tartarin, le fusil sur l'épaule, jeta un froid.

Tous ces braves Tarasconnais, qui se promenaient bien tranquillement devant les cages, sans armes, sans méfiance, sans même aucune idée de danger, eurent un mouvement de terreur assez naturel en voyant leur grand Tartarin entrer dans la baraque avec son formidable engin de guerre. Il y avait donc quelque chose à craindre, puisque lui, ce héros... En un clin d'œil, tout le devant des cages se trouva dégarni. Les enfants criaient de peur, les dames regardaient la porte. Le pharmacien Bézuquet s'esquiva, en disant qu'il allait chercher son fusil...

Peu à peu cependant, l'attitude de Tartarin rassura les courages. Calme, la tête haute, l'intrépide Tarasconnais fit lentement le tour de la baraque, passa sans s'arrêter devant la baignoire du phoque, regarda d'un œil dédaigneux la longue caisse pleine de son où le boa digérait son poulet cru, et vint enfin se planter devant la cage du lion...

Terrible et solennelle entrevue ! le lion de Tarascon et le lion de l'Atlas en face l'un de l'autre... D'un côté, Tartarin, debout, le jarret tendu, les deux bras appuyés sur son rifle ; de l'autre, le lion, un lion gigantesque, vautré dans la paille, l'œil clignotant, l'air abruti, avec son énorme mufle à perruque jaune posé sur les pattes de devant... Tous deux calmes et se regardant.

Chose singulière ! soit que le fusil à aiguille lui eût donné de l'humeur, soit qu'il eût flairé un ennemi de sa race, le lion, qui jusque-là avait regardé les Tarasconnais d'un air de souverain mépris en leur bâillant au nez à tous, le lion eut tout à coup un mouvement de colère. D'abord il renifla, gronda sourdement, écarta ses griffes, étira ses pattes ; puis il se leva, dressa la tête, secoua sa crinière, ouvrit une gueule immense et poussa vers Tartarin un formidable rugissement.

Un cri de terreur lui répondit. Tarascon, affolé, se précipita vers les portes. Tous, femmes, enfants, portefaix, chasseurs de casquettes, le brave commandant Bravida lui-même... Seul, Tartarin de Tarascon ne bougea pas... Il était là, ferme et résolu, devant la cage, des éclairs dans les yeux et cette terrible moue que toute la ville connaissait... Au bout d'un moment, quand les chasseurs de casquettes, un peu rassurés par son attitude et la solidité des barreaux, se rapprochèrent de leur chef, ils entendirent qu'il murmurait, en regardant le lion : « Ça, oui, c'est une chasse. »

Ce jour-là, Tartarin de Tarascon n'en dit pas davantage...

IX

Singuliers effets du mirage

Ce jour-là, Tartarin de Tarascon n'en dit pas davantage ; mais le malheureux en avait déjà trop dit…

Le lendemain, il n'était bruit dans la ville que du prochain départ de Tartarin pour l'Algérie et la chasse aux lions. Vous êtes tous témoins, chers lecteurs, que le brave homme n'avait pas soufflé mot de cela ; mais vous savez, le mirage…

Bref, tout Tarascon ne parlait que de ce départ.

Sur le cours, au cercle, chez Costecalde, les gens s'abordaient d'un air effaré :

– Et autrement, vous savez la nouvelle, au moins ?

– Et autrement, quoi donc ?… Le départ de Tartarin, au moins ?

Car à Tarascon toutes les phrases commencent par *et autrement*, qu'on prononce *autremain*, et finissent par *au moins*, qu'on prononce *au mouain*. Or, ce jour-là, plus que tous les autres, les *au mouain* et les *autremain* sonnaient à faire trembler les vitres.

L'homme le plus surpris de la ville, en apprenant qu'il allait partir pour l'Afrique, ce fut Tartarin. Mais voyez ce que c'est que la vanité ! Au lieu de répondre simplement qu'il ne partait pas du tout, qu'il n'avait jamais eu l'intention de partir, le pauvre Tartarin – la première fois qu'on lui parla de ce voyage – fit d'un petit air évasif : « Hé !… hé !… peut-être… je ne dis pas. » La seconde fois, un peu plus familiarisé avec cette idée, il répondit : « C'est probable. » La troisième fois : « C'est certain ! »

Enfin, le soir, au cercle et chez les Costecalde, entraîné par le punch aux œufs, les bravos, les lumières ; grisé par le succès que l'annonce de son départ avait eu dans la ville, le malheureux déclara formellement qu'il était las de chasser la casquette et qu'il allat, avant peu, se mettre à la poursuite des grands lions de l'Atlas…

Un hourra formidable accueillit cette déclaration. Là-dessus, nouveau punch aux œufs, poignées de mains, accolades et sérénade aux flambeaux jusqu'à minuit devant la petite maison du baobab.

C'est Tartarin-Sancho qui n'était pas content ! Cette idée de voyage en Afrique et de chasse au lion lui donnait le frisson par avance, et, en rentrant au logis, pendant que la sérénade d'honneur sonnait sous leurs fenêtres, il fit à Tartarin-Quichotte une scène effroyable, l'appelant toqué, visionnaire, imprudent, triple fou, lui détaillant par le menu toutes les catastrophes qui l'attendaient dans cette expédition, naufrages, rhumatismes, fièvres chaudes, dysenteries, peste noire, éléphantiasis, et le reste…

En vain Tartarin-Quichotte jurait-il de ne pas faire d'imprudences, qu'il se couvrirait bien, qu'il emporterait tout ce qu'il faudrait, Tartarin-Sancho ne voulait rien entendre. Le pauvre homme se voyait déjà déchiqueté par les lions, englouti dans les sables du désert comme feu Cambyse, et l'autre Tartarin ne parvint à l'apaiser un peu qu'en lui expliquant que ce n'était pas pour tout de suite, que rien ne pressait et qu'en fin de compte ils n'étaient pas encore partis.

Il est bien clair, en effet, que l'on ne s'embarque pas pour une expédition semblable sans prendre quelques précautions. Il faut savoir où l'on va, que diable ! et ne pas partir comme un oiseau…

Avant toutes choses, le Tarasconnais voulut lire les récits des grands touristes africains, les relations de Mungo-Park, de Caillé, du docteur Livingstone, d'Henri Duveyrier.

Là, il vit que ces intrépides voyageurs, avant de chausser leurs sandales pour les excursions lointaines, s'étaient préparés de longue main à supporter la faim, la soif, les marches forcées, les privations de toutes sortes. Tartarin voulut faire comme eux, et, à partir de ce jour-là, ne se nourrit plus que *d'eau bouillie*. – Ce qu'on appelle *eau bouillie*, à Tarascon, c'est quelques tranches de pain noyées dans de l'eau chaude, avec une gousse d'ail, un peu de thym, un brin de laurier. – Le régime était sévère, et vous pensez si le pauvre Sancho fit la grimace…

À l'entraînement par l'eau bouillie Tartarin de Tarascon joignit d'autres sages pratiques. Ainsi, pour prendre l'habitude des longues marches, il s'astreignit à faire chaque matin son tour de ville sept ou huit fois de suite, tantôt au pas accéléré, tantôt au pas gymnastique, les coudes au corps et deux petits cailloux blancs dans la bouche, selon la mode antique.

Puis, pour se faire aux fraîcheurs nocturnes, aux brouillards, à la rosée, il descendait tous les soirs dans son jardin et restait jusqu'à des dix et onze heures, seul avec son fusil, à l'affût derrière le baobab…

Enfin, tant que la ménagerie Mitaine resta à Tarascon, les chasseurs de casquettes attardés chez Costecalde purent voir dans l'ombre, en passant sur la place du Château, un homme mystérieux se promenant de long en large derrière la baraque.

C'était Tartarin de Tarascon, qui s'habituait à entendre sans frémir les rugissements du lion dans la nuit sombre.

X

Avant le départ

Pendant que Tartarin s'entraînait ainsi par toutes sortes de moyens héroïques, tout Tarascon avait les yeux sur lui ; on ne s'occupait plus d'autre chose. La chasse à la casquette ne battait plus que d'une aile, les romances chômaient. Dans la pharmacie Bézuquet, le piano languissait sous une housse verte, et les mouches cantharides séchaient dessus le ventre en l'air… L'expédition de Tartarin avait arrêté tout…

Il fallait voir le succès du Tarasconnais dans les salons. On se l'arrachait, on se le disputait, on se l'empruntait, on se le volait. Il n'y avait pas de plus grand honneur pour les dames que d'aller à la ménagerie Mitaine au bras de Tartarin, et de se faire expliquer devant la cage au lion comment on s'y prenait pour chasser ces grandes bêtes, où il fallait viser, à combien de pas, si les accidents étaient nombreux, etc., etc.

Tartarin donnait toutes les explications qu'on voulait. Il avait lu Jules Gérard et connaissait la chasse au lion sur le bout du doigt, comme s'il l'avait faite. Aussi parlait-il de ces choses avec une grande éloquence.

Mais où il était le plus beau, c'était le soir à dîner chez le président Ladevèze ou le brave commandant Bravida, ancien capitaine d'habillement, quand on apportait le café et que, toutes les chaises se rapprochant, on le faisait parler de ses chasses futures…

Alors, le coude sur la nappe, le nez dans son moka, le héros racontait d'une voix émue tous les dangers qui l'attendaient là-bas. Il disait les longs affûts sans lune, les marais pestilentiels, les rivières empoisonnées par la feuille du laurier-rose, les neiges, les soleils ardents, les scorpions, les pluies de sauterelles ; il disait aussi les mœurs des grands lions de l'Atlas, leur façon de combattre, leur vigueur phénoménale et leur férocité au temps du rut…

Puis, s'exaltant à son propre récit, il se levait de table, bondissait au milieu de la salle à manger, imitant le cri du lion, le bruit d'une carabine, pan ! pan ! le sifflement d'une balle explosive, pfft ! pfft ! gesticulait, rugissait, renversait les chaises…

Autour de la table, tout le monde était pâle. Les hommes se regardaient en hochant la tête, les dames fermaient les yeux avec de petits cris d'effroi, les vieillards brandissaient leurs longues cannes belliqueusement, et, dans la chambre à côté, les petits garçonnets qu'on couche de bonne heure, éveillés en sursaut par les rugissements et les coups de feu, avaient grand-peur et demandaient de la lumière.

En attendant, Tartarin ne partait pas.

XI

Des coups d'épée, messieurs, des coups d'épée !… mais pas de coups d'épingle !

Avait-il bien réellement l'intention de partir ?… Question délicate, et à laquelle l'historien de Tartarin serait fort embarrassé de répondre.

Toujours est-il que la ménagerie Mitaine avait quitté Tarascon depuis plus de trois mois, et le tueur de lions ne bougeait pas… Après tout, peut-être le candide héros, aveuglé par un nouveau mirage, se figurait-il de bonne foi qu'il était allé en Algérie. Peut-être qu'à force de raconter ses futures chasses, il s'imaginait les avoir faites, aussi sincèrement qu'il s'imaginait avoir hissé le drapeau consulaire et tiré sur les Tartares, pan ! pan ! à Shanghaï.

Malheureusement, si cette fois encore Tartarin de Tarascon fut victime du mirage, les Tarasconnais ne le furent pas. Lorsqu'au bout de trois mois d'attente, on s'aperçut que le chasseur n'avait pas encore fait une malle, on commença à murmurer.

« Ce sera comme pour Shanghaï ! » disait Costecalde en souriant. Et le mot de l'armurier fit fureur dans la ville ; car personne ne croyait plus en Tartarin.

Les naïfs, les poltrons, des gens comme Bézuquet, qu'une puce aurait mis en fuite et qui ne pouvaient pas tirer un coup de fusil sans fermer les yeux, ceux-là surtout étaient impitoyables. Au cercle, sur l'esplanade, ils abordaient le pauvre Tartarin avec de petits airs goguenards.

– Et *autremain*, pour quand ce voyage ?

Dans la boutique Costecalde, son opinion ne faisait plus foi. Les chasseurs de casquettes reniaient leur chef !

Puis les épigrammes s'en mêlèrent. Le président Ladevèze, qui faisait volontiers en ses heures de loisir deux doigts de cour à la muse provençale, composa dans la langue du cru une chanson qui eut beaucoup de succès. Il était question d'un certain grand chasseur appelé maître Gervais, dont le fusil redoutable devait exterminer jusqu'au dernier tous les lions d'Afrique. Par malheur ce diable de fusil était de complexion singulière : *on le chargeait toujours, il ne partait jamais…*

Il ne partait jamais ! vous comprenez l'allusion…

En un tour de main, cette chanson devint populaire et quand Tartarin passait, les portefaix du quai, les petits décrotteurs de devant sa porte chantaient en chœur :

Lou fùsioù de mestre Gervaï
Toujou lou cargon, toujou lou cargon,
Lou fùsioù de mestre Gervaï
Toujou lou cargon, part jamaï.

Seulement cela se chantait de loin, à cause des doubles muscles.

Ô fragilité des engouements de Tarascon !...

Le grand homme, lui, feignait de ne rien voir, de ne rien entendre ; mais au fond cette petite guerre sourde et venimeuse l'affligeait beaucoup ; il sentait Tarascon lui glisser dans la main, la faveur populaire aller à d'autres, et cela le faisait horriblement souffrir.

Ah ! la grande gamelle de la popularité, il fait bon s'asseoir devant, mais quel échaudement quand elle se renverse !...

En dépit de sa souffrance, Tartarin souriait et menait paisiblement sa même vie, comme si de rien n'était.

Quelquefois cependant ce masque de joyeuse insouciance, qu'il s'était par fierté collé sur le visage, se détachait subitement. Alors, au lieu du rire, on voyait l'indignation et la douleur...

C'est ainsi qu'un matin que les petits décrotteurs chantaient sous ses fenêtres : *Lou fùsioù de mestre Gervaï*, les voix de ces misérables arrivèrent jusqu'à la chambre du pauvre grand homme en train de se raser devant sa glace. (Tartarin portait toute sa barbe, mais comme elle venait trop forte, il était obligé de la surveiller.)

Tout à coup la fenêtre s'ouvrit violemment et Tartarin apparut en chemise, en serretête, barbouillé de bon savon blanc, brandissant son rasoir et sa savonnette, et criant d'une voix formidable :

« Des coups d'épée, Messieurs, des coups d'épée !... Mais pas de coups d'épingle ! »

Belles paroles dignes de l'histoire, qui n'avaient que le tort de s'adresser à ces petits *fouchtras*, hauts comme leurs boîtes à cirage, et gentilshommes tout à fait incapables de tenir une épée !

XII

De ce qui fut dit dans la petite maison du baobab

Au milieu de la défection générale, l'armée seule tenait bon pour Tartarin.

Le brave commandant Bravida, ancien capitaine d'habillement, continuait à lui marquer la même estime : « C'est un lapin ! » s'entêtait-il à dire, et cette affirmation valait bien, j'imagine, celle du pharmacien Bézuquet... Pas une fois le brave commandant n'avait fait allusion au voyage en Afrique ; pourtant, quand la clameur publique devint trop forte, il se décida à parler.

Un soir, le malheureux Tartarin était seul dans son cabinet, pensant à des choses tristes, quand il vit entrer le commandant, grave, ganté de noir, boutonné jusqu'aux oreilles.

« Tartarin », fit l'ancien capitaine avec autorité :

« Tartarin, il faut partir ! » Et il restait debout dans l'encadrement de la porte – rigide et grand comme le devoir.

Tout ce qu'il y avait dans ce « Tartarin, il faut partir ! » Tartarin de Tarascon le comprit.

Très pâle, il se leva, regarda autour de lui d'un œil attendri ce joli cabinet, bien clos, plein de chaleur et de lumière douce, ce large fauteuil si commode, ses livres, son tapis, les grands stores blancs de ses fenêtres, derrière lesquels tremblaient les branches grêles du petit jardin ; puis, s'avançant vers le brave commandant, il lui prit la main, la serra avec énergie et, d'une voix où roulaient des larmes, stoïque cependant, il lui dit : « Je partirai, Bravida ! »

Et il partit comme il l'avait dit. Seulement pas encore tout de suite... il lui fallut le temps de s'outiller.

D'abord il commanda chez Bompard deux grandes malles doublées de cuivre, avec une longue plaque portant cette inscription :

TARTARIN DE TARASCON

CAISSE D'ARMES

Le doublage et la gravure prirent beaucoup de temps. Il commanda aussi chez Tastavin un magnifique album de voyage pour écrire son journal, ses impressions ; car enfin on a beau chasser le lion, on pense tout de même en route.

Puis il fit venir de Marseille toute une cargaison de conserves alimentaires, du pemmican en tablettes pour faire du bouillon, une tente-abri d'un nouveau modèle, se montant et se démontant à la minute, des bottes de marin, deux parapluies, un waterproof, des lunettes bleues pour prévenir les ophtalmies. Enfin le pharmacien Bézuquet lui confectionna une petite pharmacie portative bourrée de sparadrap, d'arnica, de camphre, de vinaigre des quatre-voleurs.

Pauvre Tartarin ! ce qu'il en faisait, ce n'était pas pour lui ; mais il espérait, à force de précautions et d'attentions délicates, apaiser la fureur de Tartarin-Sancho, qui, depuis que le départ était décidé, ne décolérait ni de jour ni de nuit.

XIII

Le Départ

Enfin il arriva, le jour solennel, le grand jour.

Dès l'aube, tout Tarascon était sur pied, encombrant le chemin d'Avignon et les abords de la petite maison du baobab.

Du monde aux fenêtres, sur les toits, sur les arbres ; des mariniers du Rhône, des portefaix, des décrotteurs, des bourgeois, des ourdisseuses, des taffetassières, le cercle, enfin toute la ville ; puis aussi des gens de Beaucaire qui avaient passé le pont, des maraîchers de la banlieue, des charrettes à grandes bâches, des vignerons hissés sur de belles mules attifées de rubans, de flots, de grelots, de nœuds, de sonnettes, et même, de loin en loin, quelques jolies filles d'Arles venues en croupe de leur galant, le ruban d'azur autour de la tête, sur de petits chevaux de Camargue gris de fer.

Toute cette foule se pressait, se bousculait devant la porte de Tartarin, ce bon M. Tartarin, qui s'en allait tuer des lions chez les *Teurs*.

Pour Tarascon, l'Algérie, l'Afrique, la Grèce, la Perse, la Turquie, la Mésopotamie, tout cela forme un grand pays très vague, presque mythologique, et cela s'appelle les *Teurs* (les Turcs).

Au milieu de cette cohue, les chasseurs de casquettes allaient et venaient, fiers du triomphe de leur chef, et traçant sur leur passage comme des sillons glorieux.

Devant la maison du baobab, deux grandes brouettes. De temps en temps, la porte s'ouvrait, laissait voir quelques personnes qui se promenaient gravement dans le petit jardin. Des hommes apportaient des malles, des caisses, des sacs de nuit, qu'ils empilaient sur les brouettes.

À chaque nouveau colis, la foule frémissait. On se nommait les objets à haute voix. « Ça, c'est la tente-abri... Ça, ce sont les conserves... la pharmacie... les caisses d'armes... » Et les chasseurs de casquettes donnaient des explications.

Tout à coup, vers dix heures, il se fit un grand mouvement dans la foule. La porte du jardin tourna sur ses gonds violemment.

– C'est lui !... c'est lui, criait-on.

C'était lui...

Quand il parut sur le seuil, deux cris de stupeur partirent de la foule :

– C'est un *Teur* !...

– Il a des lunettes !

Tartarin de Tarascon, en effet, avait cru de son devoir, allant en Algérie, de prendre le costume algérien. Large pantalon bouffant en toile blanche, petite veste collante à boutons de métal, deux pieds de ceinture rouge autour de l'estomac, le cou nu, le front rasé, sur sa tête une gigantesque chéchia (bonnet rouge) et un flot bleu d'une longueur !... Avec cela, deux lourds fusils, un sur chaque épaule, un grand couteau de chasse à la ceinture, sur le ventre une cartouchière, sur la hanche un revolver se balançant dans sa poche de cuir. C'est tout...

Ah ! pardon, j'oubliais les lunettes, une énorme paire de lunettes bleues qui venaient là bien à propos pour corriger ce qu'il y avait d'un peu trop farouche dans la tournure de notre héros !

« Vive Tartarin !... vive Tartarin ! » hurla le peuple. Le grand homme sourit, mais ne salua pas, à cause de ses fusils qui le gênaient. Du reste, il savait maintenant à quoi s'en tenir sur la faveur populaire ; peut-être même qu'au fond de son âme il maudissait ses terribles compatriotes, qui l'obligeaient à partir, à quitter son joli petit chez lui aux murs blancs, aux persiennes vertes... Mais cela ne se voyait pas.

Calme et fier, quoique un peu pâle, il s'avança sur la chaussée, regarda ses brouettes, et, voyant que tout était bien, prit gaillardement le chemin de la gare, sans même se retourner une fois vers la maison du baobab. Derrière lui marchaient le brave commandant Bravida, ancien capitaine d'habillement, le président Ladevèze, puis l'armurier Costecalde et tous les chasseurs de casquettes, puis les brouettes, puis le peuple.

Devant l'embarcadère, le chef de gare l'attendait – un vieil Africain de 1830, qui lui serra la main plusieurs fois avec chaleur.

L'express Paris-Marseille n'était pas encore arrivé. Tartarin et son état-major entrèrent dans les salles d'attente. Pour éviter l'encombrement, derrière eux le chef de gare fit fermer les grilles.

Pendant un quart d'heure, Tartarin se promena de long en large dans les salles, au milieu des chasseurs de casquettes. Il leur parlait de son voyage, de sa chasse, promettant d'envoyer des peaux. On s'inscrivait sur son carnet pour une peau comme pour une contre-danse.

Tranquille et doux comme Socrate au moment de boire la ciguë, l'intrépide Tarasconnais avait un mot pour chacun, un sourire pour tout le monde. Il parlait simplement, d'un air affable ; on aurait dit qu'avant de partir, il voulait laisser derrière lui comme une traînée de charme, de regrets, de bons souvenirs. D'entendre leur chef parler ainsi, tous les chasseurs de casquettes avaient des larmes, quelques-uns même des remords, comme le président Ladevèze et le pharmacien Bézuquet.

Des hommes d'équipe pleuraient dans des coins. Dehors, le peuple regardait à travers les grilles, et criait : « Vive Tartarin ! »

Enfin la cloche sonna. Un roulement sourd, un sifflet déchirant ébranla les voûtes… En voiture ! en voiture !

– Adieu, Tartarin !… adieu, Tartarin !…

– Adieu, tous !… murmura le grand homme, et sur les joues du brave commandant Bravida il embrassa son cher Tarascon.

Puis il s'élança sur la voie, et monta dans un wagon plein de Parisiennes, qui pensèrent mourir de peur en voyant arriver cet homme étrange avec tant de carabines et de revolvers.

XIV

Le Port de Marseille. – Embarque ! embarque !

Le 1er décembre 186... à l'heure de midi, par un soleil d'hiver provençal, un temps clair, luisant, splendide, les Marseillais effarés virent déboucher sur la Canebière un *Teur*, oh mais un *Teur* !... Jamais ils n'en avaient vu un comme celui-là ; et pourtant, Dieu sait s'il en manque à Marseille, des *Teurs* !

Le *Teur* en question – ai-je besoin de vous le dire ? – c'était Tartarin, le grand Tartarin de Tarascon, qui s'en allait le long des quais, suivi de ses caisses d'armes, de sa pharmacie, de ses conserves, rejoindre l'embarcadère de la compagnie Touache, et le paquebot *le Zouave* qui devait l'emporter là-bas.

L'oreille encore pleine des applaudissements tarasconnais, grisé par la lumière du ciel, l'odeur de la mer, Tartarin rayonnant marchait, ses fusils sur l'épaule, la tête haute, regardant de tous ses yeux ce merveilleux port de Marseille qu'il voyait pour la première fois, et qui l'éblouissait... Le pauvre homme croyait rêver. Il lui semblait qu'il s'appelait Sinbad le Marin, et qu'il errait dans une de ces villes fantastiques comme il y en a dans les *Mille et une Nuits*.

C'était à perte de vue un fouillis de mâts, de vergues, se croisant dans tous les sens. Pavillons de tous les pays, russes, grecs, suédois, tunisiens, américains... Les navires au ras du quai, les beauprés arrivant sur la berge comme des rangées de baïonnettes. Au-dessous les naïades, les déesses, les saintes vierges et autres, sculptures de bois peint qui donnent le nom au vaisseau ; tout cela mangé par l'eau de mer, dévoré, ruisselant, moisi... De temps en temps, entre les navires, un morceau de mer, comme une grande moire tachée d'huile.. Dans l'enchevêtrement des vergues, des nuées de mouettes faisant de jolies taches sur le ciel bleu, des mousses qui s'appelaient dans toutes les langues.

Sur le quai, au milieu des ruisseaux qui venaient des savonneries, verts, épais, noirâtres, chargés d'huile et de soude, tout un peuple de douaniers, de commissionnaires, de portefaix avec leurs *bogheys* attelés de petits chevaux corses.

Des magasins de confections bizarres, des baraques enfumées où les matelots faisaient leur cuisine, des marchands de pipes, des marchands de singes, de perroquets, de cordes, de toiles à voiles, des bric-à-brac fantastiques où s'étalaient pêle-mêle de vieilles couleuvrines, de grosses lanternes dorées, de vieux palans, de vieilles ancres édentées, vieux cordages, vieilles poulies, vieux porte-voix, lunettes marines du temps de Jean Bart et de Duguay-Trouin. Des vendeuses de moules et de clovisses accroupies et piaillant à côté de leurs coquillages. Des matelots passant avec des pots de goudron, des marmites fumantes, de grands paniers pleins de poulpes qu'ils allaient laver dans l'eau blanchâtre des fontaines.

Partout, un encombrement prodigieux de marchandises de toute espèce ; soieries, minerais, trains de bois, saumons de plomb, draps, sucres, caroubes, colzas, réglisses, cannes à sucre. L'Orient et l'Occident pêle-mêle. De grands tas de fromages de Hollande que les Génoises teignaient en rouge avec leurs mains.

Là-bas, quai au blé ; les portefaix déchargeant leurs sacs sur la berge du haut de grands échafaudages. Le blé, torrent d'or, qui roulait au milieu d'une fumée blonde. Des hommes en fez rouge, le criblant à mesure dans de grands tamis de peau d'âne, et le chargeant sur des charrettes qui s'éloignaient suivies d'un régiment de femmes et d'enfants avec des balayettes et des paniers à glanes... Plus loin, le bassin de carénage, les grands vaisseaux couchés sur le flanc et qu'on flambait avec des broussailles pour les débarrasser des herbes de la mer, les vergues trempant dans l'eau, l'odeur de la résine, le bruit assourdissant des charpentiers doublant la coque des navires avec de grandes plaques de cuivre.

Parfois entre les mâts, une éclaircie. Alors Tartarin voyait l'entrée du port, le grand va-et-vient des navires, une frégate anglaise partant pour Malte, pimpante et bien lavée, avec des officiers en gants jaunes, ou bien un grand brick marseillais démarrant au milieu des cris, des jurons, et à l'arrière un gros capitaine en redingote et chapeau de soie, commandant la manœuvre en provençal. Des navires qui s'en allaient en courant, toutes voiles dehors. D'autres là-bas, bien loin, qui arrivaient lentement, dans le soleil, comme en l'air.

Et puis tout le temps un tapage effroyable, roulement de charrettes, « oh ! hisse » des matelots, jurons, chants, sifflets de bateaux à vapeur, les tambours et les clairons du fort Saint-Jean, du fort Saint-Nicolas, les cloches de la Major, des Accoules, de Saint-Victor ; par là-dessus le mistral qui prenait tous ces bruits, toutes ces clameurs, les roulait, les secouait, les confondait avec sa propre voix et en faisait une musique folle, sauvage, héroïque comme la grande fanfare du voyage, fanfare qui donnait envie de partir, d'aller loin, d'avoir des ailes. C'est au son de cette belle fanfare que l'intrépide Tartarin de Tarascon s'embarqua pour le pays des lions !...

Deuxième épisode

Chez les Teurs

I

La Traversée. – Les Cinq Positions de la chéchia. – Le Soir du troisième jour. – Miséricorde

Je voudrais, mes chers lecteurs, être peintre et grand peintre pour mettre sous vos yeux, en tête de ce second épisode, les différentes positions que prit la chéchia (bonnet rouge) de Tartarin de Tarascon, dans ces trois jours de traversée qu'elle fit à bord du *Zouave*, entre la France et l'Algérie.

Je vous la montrerais d'abord au départ sur le pont, héroïque et superbe comme elle était, auréolant cette belle tête tarasconnaise. Je vous la montrerais ensuite à la sortie du port, quand *le Zouave* commence à caracoler sur les lames : je vous la montrerais frémissante, étonnée, et comme sentant déjà les premières atteintes de son mal.

Puis, dans le golfe du Lion, à mesure qu'on avance au large et que la mer devient plus dure, je vous la ferais voir aux prises avec la tempête, se dressant effarée sur le crâne du héros, et son grand flot de laine bleue qui se hérisse dans la brume de mer et la bourrasque... Quatrième position. Six heures du soir, en vue des côtes corses. L'infortunée chéchia se penche par-dessus le bastingage et lamentablement regarde et sonde la mer... Enfin, cinquième et dernière position, au fond d'une étroite cabine, dans un petit lit qui a l'air d'un tiroir de commode, quelque chose d'informe et de désolé roule en geignant sur l'oreiller. C'est la chéchia, l'héroïque chéchia du départ, réduite maintenant au vulgaire état de casque à mèche et s'enfonçant jusqu'aux oreilles d'une tête de malade blême et convulsionnée...

Ah ! si les Tarasconnais avaient pu voir leur grand Tartarin couché dans son tiroir de commode sous le jour blafard et triste qui tombait des hublots, parmi cette odeur fade de cuisine et de bois mouillé, l'écœurante odeur du paquebot ; s'ils l'avaient entendu râler à chaque battement de l'hélice, demander du thé toutes les cinq minutes et jurer contre le garçon avec une petite voix d'enfant, comme ils s'en seraient voulu de l'avoir obligé à partir... Ma parole d'historien ! le pauvre *Teur* faisait pitié. Surpris tout à coup par le mal, l'infortuné n'avait pas eu le courage de desserrer sa ceinture algérienne, ni de se défubler de son arsenal. Le couteau de chasse à gros manche lui cassait la poitrine, le cuir de son revolver lui meurtrissait les jambes. Pour l'achever, les bougonnements de Tartarin-Sancho, qui ne cessait de geindre et de pester :

« Imbécile, va !... Je te l'avais bien dit !... Ah ! tu as voulu aller en Afrique... Eh bien, té ! la voilà l'Afrique... Comment la trouves-tu ? »

Ce qu'il y avait de plus cruel, c'est que du fond de sa cabine et de ses gémissements, le malheureux entendait les passagers du grand salon rire, manger, chanter, jouer aux cartes. La société était aussi joyeuse que nombreuse à bord du *Zouave*. Des officiers qui rejoignaient leurs corps, des dames de l'*Alkazar* de Marseille, des cabotins, un riche musulman qui revenait de la Mecque, un prince monténégrin très farceur qui faisait des imitations de Ravel et de Gil Pérès... Pas un de ces gens-là n'avait le mal de mer, et leur temps se passait à boire du champagne avec le capitaine du *Zouave*, un bon gros vivant de Marseillais, qui avait ménagé à Alger et à Marseille, et répondait au joyeux nom de Barbassou.

Tartarin de Tarascon en voulait à tous ces misérables. Leur gaieté redoublait son mal..

Enfin, dans l'après-midi du troisième jour, il se fit à bord du navire un mouvement extraordinaire qui tira notre héros de sa longue torpeur. La cloche de l'avant sonnait. On entendait les grosses bottes des matelots courir sur le pont.

« Machine en avant !... machine en arrière ! » criait la voix enrouée du capitaine Barbassou.

Puis : « Machine, stop ! » Un grand arrêt, une secousse, et plus rien... Rien que le paquebot se balançant silencieusement de droite à gauche, comme un ballon dans l'air..

Cet étrange silence épouvanta le Tarasconnais.

« Miséricorde ! nous sombrons !... » cria-t-il d'une voix terrible, et, retrouvant ses forces par magie, il bondit de sa couchette, et se précipita sur le pont avec son arsenal

II

Aux armes ! aux armes !

On ne sombrait pas, on arrivait.

Le Zouave venait d'entrer dans la rade, une belle rade aux eaux noires et profondes, mais silencieuse, morne, presque déserte. En face, sur une colline, Alger-la-Blanche avec ses petites maisons d'un blanc mat qui descendent vers la mer, serrées les unes contre les autres. Un étalage de blanchisseuse sur le coteau de Meudon. Par là-dessus un grand ciel de satin bleu, oh ! mais si bleu !...

L'illustre Tartarin, un peu remis de sa frayeur, regardait le paysage, en écoutant avec respect le prince monténégrin, qui, debout à ses côtés, lui nommait les différents quartiers de la ville, la Casbah, la ville haute, la rue Bab-Azoun. Très bien élevé, ce prince monténégrin ; de plus, connaissant à fond l'Algérie et parlant l'arabe couramment. Aussi Tartarin se proposait-il de cultiver sa connaissance... Tout à coup, le long du bastingage, contre lequel ils étaient appuyés, le Tarasconnais aperçoit une rangée de grosses mains noires qui se cramponnaient par-dehors. Presque aussitôt une tête de nègre toute crépue apparaît devant lui, et, avant qu'il ait eu le temps d'ouvrir la bouche, le pont se trouve envahi de tous côtés par une centaine de forbans, noirs, jaunes, à moitié nus, hideux, terribles.

Ces forbans-là, Tartarin les connaissait... C'était eux, c'est-à-dire ILS, ces fameux ILS qu'il avait si souvent cherchés la nuit dans les rues de Tarascon. Enfin ILS se décidaient donc à venir.

D'abord la surprise le cloua sur place. Mais quand il vit les forbans se précipiter sur les bagages, arracher la bâche qui les recouvrait, commencer enfin le pillage du navire, alors le héros se réveilla, et dégainant son couteau de chasse : « Aux armes, aux armes ! » cria-t-il aux voyageurs, et le premier de tous, il fondit sur les pirates.

– *Quès aco* ? Qu'est-ce qu'il y a ? Qu'est-ce que vous avez ? fit le capitaine Barbassou qui sortait de l'entrepont.

– Ah ! vous voilà, capitaine !... vite, vite, armez vos hommes.

– Hé ! pourquoi faire, *boun Diou* ?

– Mais vous ne voyez donc pas ?

– Quoi donc ?...

– Là... devant vous... les pirates...

Le capitaine Barbassou le regardait tout ahuri. À ce moment, un grand diable de nègre passait devant eux, en courant, avec la pharmacie du héros sur son dos :

– Misérable !... attends-moi !... hurla le Tarasconnais ; et il s'élança, la dague en avant.

Barbassou le rattrapa au vol, et, le retenant par sa ceinture :

– Mais restez donc tranquille, *tron de ler* ! Ce ne sont pas des pirates... Il y a long-temps qu'il n'y en a plus de pirates... Ce sont des portefaix.

– Des portefaix !...

– Hé ! oui, des portefaix, qui viennent chercher les bagages pour les porter à terre... Rengainez donc votre coutelas, donnez-moi votre billet, et marchez derrière ce nègre, un brave garçon, qui va vous conduire à terre, et même jusqu'à l'hôtel, si vous le désirez !...

Un peu confus, Tartarin donna son billet, et, se mettant à la suite du nègre, descendit par le tire-vieille dans une grosse barque qui dansait le long du navire. Tous ses bagages y étaient déjà, ses malles, caisses d'armes, conserves alimentaires ; comme ils tenaient toute la barque, on n'eut pas besoin d'attendre d'autres voyageurs. Le nègre grimpa sur les malles et s'y accroupit comme un singe, les genoux dans ses mains. Un autre nègre prit les rames... Tous deux regardaient Tartarin en riant et montrant leurs dents blanches.

Debout à l'arrière, avec cette terrible moue qui faisait la terreur de ses compatriotes, le grand Tarasconnais tourmentait fiévreusement le manche de son coutelas ; car, malgré ce qu'avait pu lui dire Barbassou, il n'était qu'à moitié rassuré sur les intentions de ces portefaix à peau d'ébène, qui ressemblaient si peu aux braves portefaix de Tarascon...

Cinq minutes après, la barque arrivait à terre, et Tartarin posait le pied sur ce petit quai barbaresque, où, trois cents ans auparavant, un galérien espagnol nommé Michel Cervantes préparait – sous le bâton de la chiourme algérienne – un sublime roman qui devait s'appeler *Don Quichotte* !

III

Invocation à Cervantes. – Débarquement. – Où sont les *Teurs* ? – Pas de *Teurs*. – Désillusion

Ô Michel Cervantes Saavedra, si ce qu'on dit est vrai, qu'aux lieux où les grands hommes ont habité, quelque chose d'eux-mêmes erre et flotte dans l'air jusqu'à la fin des âges, ce qui restait de toi sur la plage barbaresque dut tressaillir de joie en voyant débarquer Tartarin de Tarascon, ce type merveilleux du Français du Midi en qui s'étaient incarnés les deux héros de ton livre, Don Quichotte et Sancho Pança...

L'air était chaud ce jour-là. Sur le quai ruisselant de soleil, cinq ou six douaniers, des Algériens attendant des nouvelles de France, quelques Maures accroupis qui fumaient leurs longues pipes, des matelots maltais ramenant de grands filets où des milliers de sardines luisaient entre les mailles comme de petites pièces d'argent.

Mais à peine Tartarin eut-il mis pied à terre, le quai s'anima, changea d'aspect. Une bande de sauvages, encore plus hideux que les forbans du bateau, se dressa, d'entre les cailloux de la berge et se rua sur le débarquant. Grands Arabes tout nus sous des couvertures de laine, petits Maures en guenilles, Nègres, Tunisiens, Mahonnais, M'zabites, garçons d'hôtel en tablier blanc, tous criant, hurlant, s'accrochant à ses habits, se disputant ses bagages, l'un emportant ses conserves, l'autre sa pharmacie, et, dans un charabia fantastique, lui jetant à la tête des noms d'hôtel invraisemblables...

Étourdi de tout ce tumulte, le pauvre Tartarin allait, venait, pestait, jurait, se démenait, courait après ses bagages, et, ne sachant comment se faire comprendre de ces barbares, les haranguait en français, en provençal, et même en latin, du latin de Pourceaugnac, *rosa, la rose, bonus, bona, bonum*, tout ce qu'il savait... Peine perdue. On ne l'écoutait pas... Heureusement qu'un petit homme, vêtu d'une tunique à collet jaune, et armé d'une longue canne de compagnon, intervint comme un dieu d'Homère dans la mêlée, et dispersa toute cette racaille à coups de bâton. C'était un sergent de ville algérien. Très poliment, il engagea Tartarin à descendre à l'hôtel de l'Europe, et le confia à des garçons de l'endroit qui l'emmenèrent, lui et ses bagages, en plusieurs brouettes.

Aux premiers pas qu'il fit dans Alger, Tartarin de Tarascon ouvrit de grands yeux. D'avance, il s'était figuré une ville orientale, féerique, mythologique, quelque chose tenant le milieu entre Constantinople et Zanzibar... Il tombait en plein Tarascon... Des cafés, des restaurants, de larges rues, des maisons à quatre étages, une petite place macadamisée où des musiciens de la ligne jouaient des polkas d'Offenbach, des messieurs sur des chaises buvant de la bière avec des échaudés, des dames, quelques lorettes, et puis des militaires... et pas un *Teur* !... Il n'y avait que lui... Aussi, pour traverser la place, se trouva-t-il un peu gêné. Tout le monde le regardait. Les musiciens de la ligne s'arrêtèrent, et la polka d'Offenbach resta un pied en l'air.

Les deux fusils sur l'épaule, le revolver sur la hanche, farouche et majestueux comme Robinson Crusoé, Tartarin passa gravement au milieu de tous les groupes ; mais en arrivant à l'hôtel ses forces l'abandonnèrent. Le départ de Tarascon, le port de Marseille, la traversée, le prince monténégrin, les pirates, tout se brouillait et roulait dans sa tête… Il fallut le monter à sa chambre, le désarmer, le déshabiller… Déjà même on parlait d'envoyer chercher un médecin ; mais, à peine sur l'oreiller, le héros se mit à ronfler si haut et de si bon cœur, que l'hôtelier jugea les secours de la science inutiles, et tout le monde se retira discrètement.

IV

Le Premier Affût

Trois heures sonnaient à l'horloge du Gouvernement, quand Tartarin se réveilla. Il avait dormi toute la soirée, toute la nuit, toute la matinée, et même un bon morceau de l'après-midi ; il faut dire aussi que depuis trois jours la chéchia en avait vu de rudes !...

La première pensée du héros, en ouvrant les yeux, fut celle-ci : « Je suis dans le pays du lion ! » Pourquoi ne pas le dire ? À cette idée que les lions étaient là tout près, à deux pas, et presque sous la main, et qu'il allait falloir en découdre, brr !... un froid mortel le saisit, et il se fourra intrépidement sous sa couverture.

Mais, au bout d'un moment, la gaieté du dehors, le ciel si bleu, le grand soleil qui ruisselait dans la chambre, un bon petit déjeuner qu'il se fit servir au lit, sa fenêtre grande ouverte sur la mer, le tout arrosé d'un excellent flacon de vin de Crescia, lui rendit bien vite son ancien héroïsme. « Au lion ! au lion ! » cria-t-il en rejetant sa couverture, et il s'habilla prestement.

Voici quel était son plan : sortir de la ville sans rien dire à personne, se jeter en plein désert, attendre la nuit, s'embusquer, et, au premier lion, qui passerait, pan ! pan !... Puis revenir le lendemain déjeuner à l'hôtel de l'Europe, recevoir les félicitations des Algériens et fréter une charrette pour aller chercher l'animal.

Il s'arma donc à la hâte, roula sur son dos la tente-abri dont le gros manche montait d'un bon pied au-dessus de sa tête, et raide comme un pieu, descendit dans la rue. Là, ne voulant demander sa route à personne de peur de donner sur ses projets, il tourna carrément à droite, enfila jusqu'au bout les arcades Bab-Azoun, où du fond de leurs noires boutiques des nuées de juifs algériens le regardaient passer, embusqués dans un coin comme des araignées ; traversa la place du Théâtre, prit le faubourg et enfin la grande route poudreuse de Mustapha.

Il y avait sur cette route un encombrement fantastique. Omnibus, fiacres, corricolos, des fourgons du train, de grandes charrettes de foin traînées par des bœufs, des escadrons de chasseurs d'Afrique, des troupeaux de petits ânes microscopiques, des négresses qui vendaient des galettes, des voitures d'Alsaciens émigrants, des spahis en manteaux rouges, tout cela défilant dans un tourbillon de poussière, au milieu des cris, des chants, des trompettes, entre deux haies de méchantes baraques où l'on voyait de grandes Mahonnaises se peignant devant leurs portes, des cabarets pleins de soldats, des boutiques de bouchers, d'équarrisseurs...

« Qu'est-ce qu'ils me chantent donc avec leur Orient ? pensait le grand Tartarin ; il n'y a pas même tant de *Teurs* qu'à Marseille. »

Tout à coup, il vit passer près de lui, allongeant ses grandes jambes et rengorgé comme un dindon, un superbe chameau. Cela lui fit battre le cœur.

Des chameaux déjà ! Les lions ne devaient pas être loin ; et, en effet, au bout de cinq minutes, il vit arriver vers lui, le fusil sur l'épaule, toute une troupe de chasseurs de lions.

« Les lâches ! » se dit notre héros en passant à côté d'eux, « les lâches ! Aller au lion par bandes, et avec des chiens !... » Car il ne se serait jamais imaginé qu'en Algérie on pût chasser autre chose que des lions. Pourtant ces chasseurs avaient de si bonnes figures de commerçants retirés, et puis cette façon de chasser le lion avec des chiens et des carnassières était si patriarcale, que le Tarasconnais, un peu intrigué, crut devoir aborder un de ces messieurs.

– Et autrement, camarade, bonne chasse ?

– Pas mauvaise, répondit l'autre en regardant d'un œil effaré l'armement considérable du guerrier de Tarascon.

– Vous avez tué ?

– Mais oui... pas mal... voyez plutôt.

Et le chasseur algérien montrait sa carnassière, toute gonflée de lapins et de bécasses.

– Comment ça ! votre carnassière ?... Vous les mettez dans votre carnassière ?

– Où voulez-vous donc que je les mette ?

– Mais alors, c'est... c'est des tout petits...

– Des petits et puis des gros, fit le chasseur. Et comme il était pressé de rentrer chez lui, il rejoignait ses camarades à grandes enjambées...

L'intrépide Tartarin en resta planté de stupeur au milieu de la route... Puis, après un moment de réflexion : « Bah ! » se dit-il, « ce sont des blagueurs... Ils n'ont rien tué du tout... » et il continua son chemin.

Déjà les maisons se faisaient plus rares, les passants aussi. La nuit tombait, les objets devenaient confus...

Tartarin de Tarascon marcha encore une demi-heure.

À la fin il s'arrêta... C'était tout à fait nuit. Nuit sans lune, criblée d'étoiles. Personne sur la route... Malgré tout, le héros pensa que les lions n'étaient pas des diligences et ne devaient pas volontiers suivre le grand chemin. Il se jeta à travers champs... À chaque pas des fossés, des ronces, des broussailles. N'importe ! il marchait toujours... Puis tout à coup, halte ! « Il y a du lion dans l'air, par ici », se dit notre homme, et il renifla fortement de droite et de gauche.

V

Pan ! Pan !

C'était un grand désert sauvage, tout hérissé de plantes bizarres, de ces plantes d'Orient qui ont l'air de bêtes méchantes. Sous le jour discret des étoiles, leur ombre agrandie s'étirait par terre en tous sens. À droite, la masse confuse et lourde d'une montagne, l'Atlas peut-être !... À gauche, la mer invisible, qui roulait sourdement... Un vrai gîte à tenter les fauves.

Un fusil devant lui, un autre dans les mains, Tartarin de Tarascon mit un genou en terre et attendit... Il attendit une heure, deux heures... Rien !...

Alors il se souvint que, dans ses livres, les grands tueurs de lions n'allaient jamais à la chasse sans emmener un petit chevreau qu'ils attachaient à quelques pas devant eux et qu'ils faisaient crier en lui tirant la patte avec une ficelle. N'ayant pas de chevreau, le Tarasconnais eut l'idée d'essayer des imitations, et se mit à bêler d'une voix chevrotante : « Mé ! Mé !... »

D'abord très doucement, parce qu'au fond de l'âme il avait tout de même un peu peur que le lion l'entendît... puis, voyant que rien ne venait, il bêla plus fort : « Mê !... Mê !... » Rien encore !... Impatienté, il reprit de plus belle et plusieurs fois de suite : « Mê !... Mê !... Mê !... » avec tant de puissance que ce chevreau finissait par avoir l'air d'un bœuf...

Tout à coup, à quelques pas devant lui, quelque chose de noir et de gigantesque s'abattit. Il se tut... Cela se baissait, flairait la terre, bondissait, se roulait, partait au galop, puis revenait et s'arrêtait net... c'était le lion, à n'en pas douter !... Maintenant on voyait très bien ses quatre pattes courtes, sa formidable encolure, et deux yeux, deux grands yeux qui luisaient dans l'ombre... En joue ! feu ! pan ! pan !... C'était fait. Puis tout de suite un bondissement en arrière, et le coutelas de chasse au poing.

Au coup de feu du Tarasconnais, un hurlement terrible répondit.

« Il en a ! » cria le bon Tartarin, et, ramassé sur ses fortes jambes, il se préparait à recevoir la bête ; mais elle en avait plus que son compte et s'enfuit au triple galop en hurlant... Lui pourtant ne bougea pas. Il attendait la femelle... toujours comme dans ses livres !

Par malheur la femelle ne vint pas. Au bout de deux ou trois heures d'attente, le Tarasconnais se lassa. La terre était humide, la nuit devenait fraîche, la bise de mer piquait.

« Si je faisais un somme en attendant le jour ? » se dit-il, et, pour éviter les rhumatismes, il eut recours à la tente-abri... Mais voilà le diable ! cette tente-abri était d'un système si ingénieux, si ingénieux, qu'il ne put jamais venir à bout de l'ouvrir.

Il eut beau s'escrimer et suer pendant une heure, la damnée tente ne s'ouvrit pas... Il y a des parapluies qui, par des pluies torrentielles, s'amusent à vous jouer de ces tours-là... De guerre lasse, le Tarasconnais jeta l'ustensile par terre, et se coucha dessus, en jurant comme un vrai Provençal qu'il était.

« Ta, ta, ra, ta ! Tarata !... »

– *Quès aco ?...* fit Tartarin, s'éveillant en sursaut.

C'étaient les clairons des chasseurs d'Afrique qui sonnaient la diane, dans les casernes de Mustapha... Le tueur de lions, stupéfait, se frotta les yeux... Lui qui se croyait en plein désert !... Savez-vous où il était ?... Dans un carré d'artichauts, entre un plant de choux-fleurs et un plant de betteraves.

Son Sahara avait des légumes... Tout près de lui, sur la jolie côte verte de Mustapha supérieur, des villas algériennes, toutes blanches, luisaient dans la rosée du jour levant : on se serait cru aux environs de Marseille, au milieu des *bastides* et des *bastidons*.

La physionomie bourgeoise et potagère de ce paysage endormi étonna beaucoup le pauvre homme, et le mit de fort méchante humeur.

« Ces gens-là sont fous », se disait-il, « de planter leurs artichauts dans le voisinage du lion... car enfin, je n'ai pas rêvé... Les lions viennent jusqu'ici... En voilà la preuve.. »

La preuve, c'étaient des taches de sang que la bête en fuyant avait laissées derrière elle. Penché sur cette piste sanglante, l'œil aux aguets, le revolver au poing, le vaillant Tarasconnais arriva, d'artichaut en artichaut, jusqu'à un petit champ d'avoine... De l'herbe foulée, une mare de sang, et, au milieu de la mare, couché sur le flanc avec une large plaie à la tête, un... Devinez quoi !...

« Un lion, parbleu !... »

Non ! un âne, un de ces tout petits ânes qui sont si communs en Algérie et qu'on désigne là-bas sous le nom de *bourriquots*.

VI

Arrivée de la femelle. – Terrible combat. – Le Rendez-vous des Lapins

Le premier mouvement de Tartarin à l'aspect de sa malheureuse victime fut un mouvement de dépit. Il y a si loin en effet d'un lion à un *bourriquot* !... Son second mouvement fut tout à la pitié. Le pauvre bourriquot était si joli ; il avait l'air si bon ! La peau de ses flancs, encore chaude, allait et venait comme une vague. Tartarin s'agenouilla, et du bout de sa ceinture algérienne essaya d'étancher le sang de la malheureuse bête ; et ce grand homme soignant ce petit âne, c'était tout ce que vous pouvez imaginer de plus touchant.

Au contact soyeux de la ceinture, le bourriquot, qui avait encore pour deux liards de vie, ouvrit son grand œil gris, remua deux ou trois fois ses longues oreilles comme pour dire : « Merci !... merci !... » Puis une dernière convulsion l'agita de tête en queue et il ne bougea plus.

« Noiraud ! Noiraud ! » cria tout à coup une voix étranglée par l'angoisse. En même temps dans un taillis voisin les branches remuèrent... Tartarin n'eut que le temps de se relever et de se mettre en garde... C'était la femelle !

Elle arriva, terrible et rugissante, sous les traits d'une vieille Alsacienne en marmotte, armée d'un grand parapluie rouge et réclamant son âne à tous les échos de Mustapha. Certes il aurait mieux valu pour Tartarin avoir affaire à une lionne en furie qu'à cette méchante vieille... Vainement le malheureux essaya de lui faire entendre comment la chose s'était passée ; qu'il avait pris Noiraud pour un lion... La vieille crut qu'on voulait se moquer d'elle, et poussant d'énergiques « tarteifle ! » tomba sur le héros à coups de parapluie. Tartarin, un peu confus, se défendait de son mieux, parait les coups avec sa carabine, suait, soufflait, bondissait, criait : – « Mais madame... mais madame... »

Va te promener ! Madame était sourde, et sa vigueur le prouvait bien.

Heureusement un troisième personnage arriva sur le champ de bataille. C'était le mari de l'Alsacienne, Alsacien lui-même et cabaretier, de plus, fort bon comptable. Quand il vit à qui il avait affaire, et que l'assassin ne demandait qu'à payer le prix de la victime, il désarma son épouse et l'on s'entendit.

Tartarin donna deux cents francs ; l'âne en valait bien dix. C'est le prix courant des *bourriquots* sur les marchés arabes. Puis on enterra le pauvre Noiraud au pied d'un figuier, et l'Alsacien, mis en bonne humeur par la couleur des douros tarasconnais, invita le héros à venir rompre une croûte à son cabaret, qui se trouvait à quelques pas de là, sur le bord de la grande route.

Les chasseurs algériens venaient y déjeuner tous les dimanches, car la plaine était giboyeuse et à deux lieues autour de la ville il n'y avait pas de meilleur endroit pour les lapins.

« Et les lions ? » demanda Tartarin.

L'Alsacien le regarda, très étonné.

– Les lions ?

– Oui… les lions… en voyez-vous quelquefois ? reprit le pauvre homme avec un peu moins d'assurance.

Le cabaretier éclata de rire.

– Ah ! ben ! merci… Des lions… pour quoi faire ?…

– Il n'y en a donc pas en Algérie ?…

– Ma foi ! je n'en ai jamais vu… Et pourtant voilà vingt ans que j'habite la province. Cependant je crois bien avoir entendu dire… Il me semble que les journaux… Mais c'est beaucoup plus loin, là-bas, dans le Sud…

À ce moment, ils arrivaient au cabaret. Un cabaret de banlieue, comme on en voit à Vanves ou à Pantin, avec un rameau tout fané au-dessus de la porte, des queues de billard peintes sur les murs et cette enseigne inoffensive :

AU RENDEZ-VOUS DES LAPINS

Le Rendez-vous des Lapins !… Ô Bravida, quel souvenir !

VII

Histoire d'un omnibus, d'une Mauresque et d'un chapelet de fleurs de jasmin

Cette première aventure aurait eu de quoi décourager bien des gens ; mais les hommes trempés comme Tartarin ne se laissent pas facilement abattre.

« Les lions sont dans le Sud », pensa le héros ; « eh bien ! j'irai dans le Sud. »

Et dès qu'il eut avalé son dernier morceau, il se leva, remercia son hôte, embrassa la vieille sans rancune, versa une dernière larme sur l'infortuné Noiraud, et retourna bien vite à Alger avec la ferme intention de boucler ses malles et de partir le jour même pour le Sud.

Malheureusement la grande route de Mustapha semblait s'être allongée depuis la veille : il faisait un soleil, une poussière ! La tente-abri était d'un lourd ! Tartarin ne se sentit pas le courage d'aller à pied jusqu'à la ville, et le premier omnibus qui passa, il fit signe et monta dedans...

Ah ! pauvre Tartarin de Tarascon ! Combien il aurait mieux fait pour son nom, pour sa gloire, de ne pas entrer dans cette fatale guimbarde et de continuer pédestrement sa route, au risque de tomber asphyxié sous le poids de l'atmosphère, de la tente-abri et de ses lourds fusils rayés à doubles canons...

Tartarin étant monté, l'omnibus fut complet. Il y avait au fond, le nez dans son bréviaire, un vicaire d'Alger à grande barbe noire. En face, un jeune marchand maure, qui fumait de grosses cigarettes. Puis, un matelot maltais, et quatre ou cinq Mauresques masquées de linges blancs, et dont on ne pouvait voir que les yeux. Ces dames venaient de faire leurs dévotions au cimetière d'Abd-el-Kader ; mais cette vision funèbre ne semblait pas les avoir attristées. On les entendait rire et jacasser entre elles sous leurs masques, en croquant des pâtisseries.

Tartarin crut s'apercevoir qu'elles le regardaient beaucoup. Une surtout, celle qui était assise en face de lui, avait planté son regard dans le sien, et ne le retira pas de toute la route. Quoique la dame fût voilée, la vivacité de ce grand œil noir allongé par le khol, un poignet délicieux et fin chargé de bracelets d'or qu'on entrevoyait de temps en temps entre les voiles, tout, le son de la voix, les mouvements gracieux, presque enfantins de la tête, disait qu'il y avait là-dessous quelque chose de jeune, de joli, d'adorable... Le malheureux Tartarin ne savait où se fourrer. La caresse muette de ces beaux yeux d'Orient le troublait, l'agitait, le faisait mourir ; il avait chaud, il avait froid...

Pour l'achever, la pantoufle de la dame s'en mêla sur ses grosses bottes de chasse, il la sentait courir, cette mignonne pantoufle, courir et frétiller comme une petite souris rouge... Que faire ? Répondre à ce regard, à cette pression ! Oui, mais les conséquences... Une intrigue d'amour en Orient, c'est quelque chose de terrible !... Et avec son imagination romanesque et méridionale, le brave Tarasconnais se voyait déjà tombant aux mains des eunuques, décapité, mieux que cela peut-être, cousu dans un sac de cuir, et roulant sur la mer, sa tête à côté de lui. Cela le refroidissait un peu… En attendant, la petite pantoufle continuait son manège, et les yeux d'en face s'ouvraient tout grands vers lui comme deux fleurs de velours noir, en ayant l'air de dire :

– Cueille-nous !…

L'omnibus s'arrêta. On était sur la place du Théâtre, à l'entrée de la rue Bab-Azoun. Une à une, empêtrées dans leurs grands pantalons et serrant leurs voiles contre elles avec une grâce sauvage, les Mauresques descendirent. La voisine de Tartarin se leva la dernière, et en se levant son visage passa si près de celui du héros qu'il l'effleura de son haleine un vrai bouquet de jeunesse, de jasmin, de musc et de pâtisserie.

Le Tarasconnais n'y résista pas. Ivre d'amour et prêt à tout, il s'élança derrière la Mauresque… Au bruit de ses buffleteries, elle se retourna, mit un doigt sur son masque comme pour dire « chut ! » et vivement, de l'autre main, elle lui jeta un petit chapelet parfumé fait avec des fleurs de jasmin. Tartarin de Tarascon se baissa pour le ramasser ; mais, comme notre héros était un peu lourd et très chargé d'armures, l'opération fut assez longue…

Quand il se releva, le chapelet de jasmin sur son cœur, – la Mauresque avait disparu.

VIII

Lions de l'Atlas, dormez !

Lions de l'Atlas, dormez ! Dormez tranquilles au fond de vos retraites, dans les aloès et les cactus sauvages… De quelques jours encore, Tartarin de Tarascon ne vous massacrera point. Pour le moment, tout son attirail de guerre, – caisse d'armes, pharmacie, tente-abri, conserves alimentaires, – repose paisiblement emballé, à l'hôtel d'Europe dans un coin de la chambre 36.

Dormez sans peur, grands lions roux ! Le Tarasconnais cherche sa Mauresque. Depuis l'histoire de l'omnibus, le malheureux croit sentir perpétuellement sur son pied, sur son vaste pied de trappeur, les frétillements de la petite souris rouge ; et la brise de mer, en effleurant ses lèvres, se parfume toujours – quoi qu'il fasse – d'une amoureuse odeur de pâtisserie et d'anis.

Il lui faut sa Maugrabine !

Mais ce n'est pas une mince affaire ! Retrouver dans une ville de cent mille âmes une personne dont on ne connaît que l'haleine, les pantoufles et la couleur des yeux ; il n'y a qu'un Tarasconnais, féru d'amour, capable de tenter une pareille aventure.

Le terrible c'est que, sous leurs grands masques blancs, toutes les Mauresques se ressemblent ; puis ces dames ne sortent guère, et, quand on veut en voir, il faut monter dans la ville haute, la ville arabe, la ville des *Teurs*.

Un vrai coupe-gorge, cette ville haute. De petites ruelles noires très étroites, grimpant à pic entre deux rangées de maisons mystérieuses dont les toitures se rejoignent et font tunnel. Des portes basses, des fenêtres toutes petites, muettes, tristes, grillagées. Et puis, de droite et de gauche un tas d'échoppes très sombres où les *Teurs* farouches à têtes de forbans – yeux blancs et dents brillantes – fument de longues pipes, et se parlent à voix basse comme pour concerter de mauvais coups.

Dire que notre Tartarin traversait sans émotion cette cité formidable, ce serait mentir. Il était au contraire très ému, et dans ces ruelles obscures, dont son gros ventre tenait toute la largeur, le brave homme n'avançait qu'avec la plus grande précaution, l'œil aux aguets, le doigt sur la détente d'un revolver. Tout à fait comme à Tarascon, en allant au cercle. À chaque instant il s'attendait à recevoir sur le dos toute une dégringolade d'eunuques et de janissaires, mais le désir de revoir sa dame lui donnait une audace et une force de géant.

Huit jours durant, l'intrépide Tartarin ne quitta pas la ville haute. Tantôt on le voyait faire le pied de grue devant les bains maures, attendant l'heure où ces dames sortent par bandes, frissonnantes et sentant le bain ; tantôt il apparaissait accroupi à la porte des mosquées, suant et soufflant pour quitter ses grosses bottes avant d'entrer dans le sanctuaire…

Parfois, à la tombée de la nuit, quand il s'en revenait navré de n'avoir rien découvert, pas plus au bain qu'à la mosquée, le Tarasconnais, en passant devant les maisons mauresques, entendait des chants monotones, des sons étouffés de guitare, des roulements de tambours de basque, et des petits rires de femme qui lui faisaient battre le cœur.

« Elle est peut-être là ! » se disait-il.

Alors, si la rue était déserte, il s'approchait d'une de ces maisons, levait le lourd marteau de la poterne basse, et frappait timidement... Aussitôt les chants, les rires cessaient. On n'entendait plus derrière la muraille que de petits chuchotements vagues, comme dans une volière endormie.

« Tenons-nous bien ! » pensait le héros. « Il va m'arriver quelque chose ! »

Ce qui lui arrivait le plus souvent, c'était une grande potée d'eau froide sur la tête, ou bien des peaux d'oranges et de figues de Barbarie... Jamais rien de plus grave...

Lions de l'Atlas, dormez !

IX

Le Prince Grégory du Monténégro

Il y avait deux grandes semaines que l'infortuné Tartarin cherchait sa dame algérienne, et très vraisemblablement il la chercherait encore, si la Providence des amants n'était venue à son aide sous les traits d'un gentilhomme monténégrin. Voici :

En hiver, toutes les nuits de samedi, le grand théâtre d'Alger donne son bal masqué, ni plus ni moins que l'Opéra. C'est l'éternel et insipide bal masqué de province. Peu de monde dans la salle, quelques épaves de Bullier ou du Casino, vierges folles suivant l'armée, chicards fanés, débardeurs en déroute, et cinq ou six petites blanchisseuses mahonnaises qui se lancent, mais gardent de leur temps de vertu un vague parfum d'ail et de sauces safranées. Le vrai coup d'œil n'est pas là. Il est au foyer, transformé pour la circonstance en salon de jeu... Une foule fiévreuse et bariolée s'y bouscule, autour des longs tapis verts : des turcos en permission misant les gros sous du prêt, des Maures marchands de la ville haute, des mères, des Maltais, des colons de l'intérieur qui ont fait quarante lieues pour venir hasarder sur un as l'argent d'une charrue ou d'un couple de bœufs... tous frémissants, pâles, les dents serrées, avec ce regard singulier du joueur, trouble, en biseau, devenu louche à force de fixer toujours la même carte.

Plus loin, ce sont des tribus de juifs algériens, jouant en famille. Les hommes ont le costume oriental hideusement agrémenté de bas bleus et de casquettes de velours. Les femmes, bouffies et blafardes, se tiennent toutes raides dans leurs étroits plastrons d'or... Groupée autour des tables, toute la tribu piaille, se concerte, compte sur ses doigts et joue peu. De temps en temps seulement, après de longs conciliabules, un vieux patriarche à barbe de Père éternel se détache et va risquer le douro familial... C'est alors, tant que la partie dure, un scintillement d'yeux hébraïques tournés vers la table, terribles yeux d'aimant noir qui font frétiller les pièces d'or sur le tapis et finissent par les attirer tout doucement comme par un fil...

Puis des querelles, des batailles, des jurons de tous les pays, des cris fous dans toutes les langues, des couteaux qu'on dégaine, la garde qui monte, de l'argent qui manque !...

C'est au milieu de ces saturnales que le grand Tartarin était venu s'égarer un soir pour chercher l'oubli et la paix du cœur.

Le héros s'en allait seul, dans la foule, pensant à sa Mauresque, quand parmi les cris, tout à coup, à une table de jeu, par-dessus le bruit de l'or, deux voix irritées s'élevèrent :

– Je vous dis qu'il me manque vingt francs, M'sieu !...

– M'sieu !...

– Après ?... M'sieu !...

– Apprenez à qui vous parlez, M'sieu !

– Je ne demande pas mieux, M'sieu !

– Je suis le prince Grégory du Monténégro, M'sieu !...

À ce nom Tartarin, tout ému, fendit la foule et vint se placer au premier rang, joyeux et fier de retrouver son prince, ce prince monténégrin si poli dont il avait ébauché la connaissance à bord du paquebot...

Malheureusement, ce titre d'altesse, qui avait tant ébloui le bon Tarasconnais, ne produisit pas la moindre impression sur l'officier de chasseurs avec qui le prince avait son algarade.

– Me voilà bien avancé... fit le militaire en ricanant ; puis se tournant vers la galerie Grégory du Monténégro... qui connaît ça ?... Personne !

Tartarin indigné fit un pas en avant.

– Pardon... je connais le *préince* ! dit-il d'une voix très ferme, et de son plus bel accent tarasconnais.

L'officier de chasseurs le regarda un moment bien en face, puis levant les épaules :

– « Allons ! c'est bon... Partagez-vous les vingt francs qui manquent et qu'il n'en soit plus question. » Là-dessus il tourna le dos et se perdit dans la foule.

Le fougueux Tartarin voulait s'élancer derrière lui, mais le prince l'en empêcha :

– Laissez... j'en fais mon affaire.

Et, prenant le Tarasconnais par le bras, il l'entraîna dehors rapidement.

Dès qu'ils furent sur la place, le prince Grégory du Monténégro se découvrit, tendit la main à notre héros, et, se rappelant vaguement son nom, commença d'une voix vibrante :

– Monsieur Barbarin...

– Tartarin ! souffla l'autre timidement.

– Tartarin, Barbarin, n'importe ! Entre nous, maintenant, c'est à la vie, à la mort !

Et le noble Monténégrin lui secoua la main avec une farouche énergie... Vous pensez si le Tarasconnais était fier.

– *Préince* ! *Préince* !... répétait-il avec ivresse.

Un quart d'heure après, ces deux messieurs étaient installés au restaurant des Platanes, agréable maison de nuit dont les terrasses plongent sur la mer, et là, devant une forte salade russe arrosée d'un joli vin de Crescia, on renoua connaissance. Vous ne pouvez rien imaginer de plus séduisant que ce prince monténégrin. Mince, fin, les cheveux crépus, frisé au petit fer, rasé à la pierre ponce, constellé d'ordres bizarres, il avait l'œil futé, le geste câlin et un accent vaguement italien qui lui donnait un faux air de Mazarin sans moustaches ; très ferré d'ailleurs sur les langues latines, et citant à tout propos Tacite, Horace et les Commentaires.

De vieille race héréditaire, ses frères l'avaient, paraît-il, exilé dès l'âge de dix ans, à cause de ses opinions libérales, et depuis il courait le monde pour son instruction et son plaisir, en Altesse philosophe… Coïncidence singulière ! Le prince avait passé trois ans à Tarascon, et comme Tartarin s'étonnait de ne l'avoir jamais rencontré au cercle ou sur l'esplanade : « Je sortais peu… » fit l'Altesse d'un ton évasif. Et le Tarasconnais, par discrétion, n'osa pas en demander davantage. Toutes ces grandes existences ont des côtés si mystérieux !…

En fin de compte, un très bon prince, ce seigneur Grégory. Tout en sirotant le vin rosé de Crescia, il écouta patiemment Tartarin lui parler de sa Mauresque et même il se fit fort, connaissant toutes ces dames, de la retrouver promptement.

On but sec et longtemps. On trinqua « aux dames d'Alger ! au Monténégro libre !… »

Dehors, sous la terrasse, la mer roulait et les vagues, dans l'ombre, battaient la rive avec un bruit de draps mouillés qu'on secoue. L'air était chaud, le ciel plein d'étoiles.

Dans les platanes, un rossignol chantait…

Ce fut Tartarin qui paya la note.

X

Dis-moi le nom de ton père, et je te dirai le nom de cette fleur

Parlez-moi des princes monténégrins pour lever lestement la caille.

Le lendemain de cette soirée aux Platanes, dès le petit jour, le prince Grégory était dans la chambre du Tarasconnais.

— Vite, vite, habillez-vous... Votre Mauresque est retrouvée... Elle s'appelle Baïa... Vingt ans, jolie comme un cœur, et déjà veuve...

— Veuve !... quelle chance ! fit joyeusement le brave Tartarin, qui se méfiait ces maris d'Orient.

— Oui, mais très surveillée par son frère.

— Ah ! diantre ...

— Un Maure farouche qui vend des pipes au bazar d'Orléans...

Ici un silence.

— Bon ! reprit le prince, vous n'êtes pas homme à vous effrayer pour si peu ; et puis on viendra peut-être à bout de ce forban en lui achetant quelques pipes... Allons vite, habillez-vous... heureux coquin !

Pâle, ému, le cœur plein d'amour, le Tarasconnais sauta de son lit et, boutonnant à la hâte son vaste caleçon de flanelle :

— Qu'est-ce qu'il faut que je fasse ?

— Écrire à la dame tout simplement, et lui demander un rendez-vous !

— Elle sait donc le français ?... fit d'un air désappointé le naïf Tartarin qui rêvait d'Orient sans mélange.

— Elle n'en sait pas un mot, répondit le prince imperturbablement... mais vous allez me dicter la lettre, et je traduirai à mesure.

— Ô prince, que de bontés !

Et le Tarasconnais se mit à marcher à grands pas dans la chambre, silencieux et se recueillant.

Vous pensez qu'on n'écrit pas à une Mauresque d'Alger comme à une grisette de Beaucaire. Fort heureusement que notre héros avait par devers lui ses nombreuses lectures qui lui permirent, en amalgamant la rhétorique apache des Indiens de Gustave Aimard avec le *Voyage en Orient* de Lamartine, et quelques lointaines réminiscences du *Cantique des cantiques*, de composer la lettre la plus orientale qu'il se pût voir. Cela commençait par :

« Comme l'autruche dans les sables... »

Et finissait par :

« Dis-moi le nom de ton père, et je te dirai le nom de cette fleur... »

À cet envoi, le romanesque Tartarin aurait bien voulu joindre un bouquet de fleurs emblématiques, à la mode orientale ; mais le prince Grégory pensa qu'il valait mieux acheter quelques pipes chez le frère, ce qui ne manquerait pas d'adoucir l'humeur sauvage du monsieur et ferait certainement très grand plaisir à la dame, qui fumait beaucoup.

– Allons vite acheter des pipes ! fit Tartarin plein d'ardeur.

– Non !... non !... Laissez-moi y aller seul. Je les aurai à meilleur compte...

– « Comment ! vous voulez... Ô prince... prince... »

Et le brave homme, tout confus, tendit sa bourse à l'obligeant Monténégrin, en lui recommandant de ne rien négliger pour que la dame fût contente.

Malheureusement l'affaire – quoique bien lancée – ne marcha pas aussi vite qu'on aurait pu l'espérer.

Très touchée, paraît-il, de l'éloquence de Tartarin et du reste aux trois quarts séduite par avance, la Mauresque n'aurait pas mieux demandé que de le recevoir ; mais le frère avait des scrupules, et, pour les endormir, il fallut acheter des douzaines, des grosses, des cargaisons de pipes...

« Qu'est-ce que diable Baïa peut faire de toutes ces pipes ? » se demandait parfois le pauvre Tartarin ; – mais il paya quand même et sans lésiner.

Enfin, après avoir acheté des montagnes de pipes et répandu des flots de poésie orientale, on obtint un rendez-vous.

Je n'ai pas besoin de vous dire avec quels battements de cœur le Tarasconnais s'y prépara, avec quel soin ému il tailla, lustra, parfuma sa rude barbe de chasseur de casquettes, sans oublier – car il faut tout prévoir – de glisser dans sa poche un casse-tête à pointes et deux ou trois revolvers.

Le prince, toujours obligeant, vint à ce premier rendez-vous en qualité d'interprète. La dame habitait dans le haut de la ville. Devant sa porte, un jeune Maure de treize à quatorze ans fumait des cigarettes. C'était le fameux Ali, le frère en question. En voyant arriver les deux visiteurs, il frappa deux coups à la poterne et se retira discrètement.

La porte s'ouvrit. Une négresse parut qui, sans dire un seul mot, conduisit ces messieurs à travers l'étroite cour intérieure dans une petite chambre fraîche où la dame attendait, accoudée sur un lit bas… Au premier abord, elle parut au Tarasconnais plus petite et plus forte que la Mauresque de l'omnibus… Au fait, était-ce bien la même ? Mais ce soupçon ne fit que traverser le cerveau de Tartarin comme un éclair.

La dame était si jolie ainsi avec ses pieds nus, ses doigts grassouillets chargés de bagues, rose, fine, et sous son corselet de drap doré, sous les ramages de sa robe à fleurs laissant deviner une aimable personne un peu boulotte, friande à point, et ronde de partout… Le tuyau d'ambre d'un narghilé fumait à ses lèvres et l'enveloppait toute d'une gloire de fumée blonde.

En entrant, le Tarasconnais posa une main sur son cœur, et s'inclina le plus mauresquement possible, en roulant de gros yeux passionnés… Baïa le regarda un moment sans rien dire ; puis, lâchant son tuyau d'ambre, se renversa en arrière, cacha sa tête dans ses mains, et l'on ne vit plus que son cou blanc qu'un fou rire faisait danser comme un sac rempli de perles.

XI

Sidi Tart'ri ben Tart'ri

Si vous entriez, un soir, à la veillée, chez les cafetiers algériens de la ville haute, vous entendriez encore aujourd'hui les Maures causer entre eux, avec des clignements d'yeux et de petits rires, d'un certain Sidi Tart'ri ben Tart'ri, Européen aimable et riche qui – voici quelques années déjà – vivait dans les hauts quartiers avec une petite dame du cru appelée Baïa.

Le Sidi Tart'ri en question qui a laissé de si gais souvenirs autour de la Casbah n'est autre, on le devine, que notre Tartarin...

Qu'est-ce que vous voulez ? Il y a comme cela, dans la vie des saints et des héros, des heures d'aveuglement, de trouble, de défaillance. L'illustre Tarasconnais n'en fut pas plus exempt qu'un autre, et c'est pourquoi – deux mois durant – oublieux des lions et de la gloire, il se grisa d'amour oriental et s'endormit, comme Annibal à Capoue, dans les délices d'Alger-la-Blanche.

Le brave homme avait loué au cœur de la ville arabe une jolie maisonnette indigène avec cour intérieure, bananiers, galeries fraîches et fontaines. Il vivait là loin de tout bruit en compagnie de sa Mauresque, Maure lui-même de la tête aux pieds, soufflant tout le jour dans son narghilé, et mangeant des confitures au musc.

Étendue sur un divan en face de lui, Baïa... la guitare au poing, nasillait des airs monotones, ou bien pour distraire son seigneur elle mimait la danse du ventre, en tenant à la main un petit miroir dans lequel elle mirait ses dents blanches et se faisait des mines.

Comme la dame ne savait pas un mot de français ni Tartarin un mot d'arabe, la conversation languissait quelquefois, et le bavard Tarasconnais avait tout le temps de faire pénitence pour les intempérances de langage dont il s'était rendu coupable à la pharmacie Bézuquet ou chez l'armurier Costecalde.

Mais cette pénitence même ne manquait pas de charme, et c'était comme un spleen voluptueux qu'il éprouvait à rester là tout le jour sans parler, en écoutant le glouglou du narghilé, le frôlement de la guitare et le bruit léger de la fontaine dans les mosaïques de la cour.

Le narghilé, le bain, l'amour remplissaient toute sa vie. On sortait peu. Quelquefois Sidi Tart'ri, sa dame en croupe, s'en allait sur une brave mule manger des grenades à un petit jardin qu'il avait acheté aux environs... Mais jamais, au grand jamais, il ne descendait dans la ville européenne. Avec ses zouaves en ribote, ses alcazars bourrés d'officiers, et son éternel bruit de sabres traînant sous les arcades, cet Alger-là lui semblait insupportable et laid comme un corps de garde d'Occident.

En somme, le Tarasconnais était très heureux. Tartarin-Sancho surtout, très friand de pâtisseries turques, se déclarait on ne peut plus satisfait de sa nouvelle existence... Tartarin-

Quichotte, lui, avait bien par-ci par-là quelques remords, en pensant à Tarascon et aux peaux promises... Mais cela ne durait pas, et pour chasser ses tristes idées il suffisait d'un regard de Baïa ou d'une cuillerée de ces diaboliques confitures odorantes et troublantes comme les breuvages de Circé.

Le soir, le prince Grégory venait parler un peu du Monténégro libre... D'une complaisance infatigable, cet aimable seigneur remplissait dans la maison les fonctions d'interprète, au besoin même celles d'intendant, et tout cela pour rien, pour le plaisir... À part lui, Tartarin ne recevait que des *Teurs*. Tous ces forbans à têtes farouches, qui naguère lui faisaient tant de peur du fond de leurs noires échoppes, se trouvèrent être, une fois qu'il les connut, de bons commerçants inoffensifs, des brodeurs, des marchands d'épices, des tourneurs de tuyaux de pipes, tous gens bien élevés, humbles, finauds, discrets et de première force à la bouillotte. Quatre ou cinq fois par semaine, ces messieurs venaient passer la soirée chez Sidi Tart'ri, lui gagnaient son argent, lui mangeaient ses confitures, et sur le coup de dix heures se retiraient discrètement en remerciant le Prophète.

Derrière eux, Sidi Tart'ri et sa fidèle épouse finissaient la soirée sur la terrasse, une grande terrasse blanche qui faisait toit à la maison et dominait la ville. Tout autour, un millier d'autres terrasses blanches aussi, tranquilles sous le clair de lune, descendaient en s'échelonnant jusqu'à la mer. Des fredons de guitare arrivaient, portés par la brise.

... Soudain, comme un bouquet d'étoiles, une grande mélodie claire s'égrenait doucement dans le ciel, et, sur le minaret de la mosquée voisine, un beau muezzin apparaissait, découpant son ombre blanche dans le bleu profond de la nuit, et chantant la gloire d'Allah avec une voix merveilleuse qui remplissait l'horizon.

Aussitôt Baïa lâchait sa guitare, et ses grands yeux tournés vers le muezzin semblaient boire la prière avec délices. Tant que le chant durait, elle restait là, frissonnante, extasiée, comme une sainte Thérèse d'Orient... Tartarin, tout ému, la regardait prier et pensait en lui-même que c'était une forte et belle religion, celle qui pouvait causer des ivresses de foi pareilles.

Tarascon, voile-toi la face ! ton Tartarin songeait à se faire renégat.

XII

On nous écrit de Tarascon

Par une belle après-midi de ciel bleu et de brise tiède, Sidi Tart'ri à califourchon sur sa mule revenait tout seul et de son petit clos... Les jambes écartées par de larges coussins en sparterie que gonflaient les cédrats et les pastèques, bercé au bruit de ses grands étriers et suivant de tout son corps le *balin-balan* de la tête, le brave homme s'en allait ainsi dans un paysage adorable, les deux mains croisées sur son ventre, aux trois quarts assoupi par le bien-être et la chaleur.

Tout à coup, en entrant dans la ville, un appel formidable le réveilla.

– Hé ! monstre de sort ! on dirait monsieur Tartarin.

À ce nom de Tartarin, à cet accent joyeusement méridional, le Tarasconnais leva la tête et aperçut à deux pas de lui la brave figure tannée de maître Barbassou, le capitaine du *Zouave*, qui prenait l'absinthe en fumant sa pipe sur la porte d'un petit café.

– Hé ! adieu Barbassou, fit Tartarin en arrêtant sa mule.

Au lieu de lui répondre, Barbassou le regarda un moment avec de grands yeux ; puis le voilà parti à rire, à rire tellement, que Sidi Tart'ri en resta tout interloqué, le derrière sur ses pastèques.

– Qué turban, mon pauvre monsieur Tartarin !... C'est donc vrai ce qu'on dit, que vous vous êtes fait *Teur* ?... Et la petite Baïa, est-ce qu'elle chante toujours *Marco la Belle* ?

– *Marco la Belle !* fit Tartarin indigné... Apprenez, capitaine, que la personne dont vous parlez est une honnête fille maure, et qu'elle ne sait pas un mot de français.

– Baïa, pas un mot de français ?... D'où sortez-vous donc ?...

Et le brave capitaine se remit à rire plus fort.

Puis voyant la mine du pauvre Sidi Tart'ri qui s'allongeait, il se ravisa.

– Au fait, ce n'est peut-être pas la même... Mettons que j'ai confondu... Seulement, voyez-vous, monsieur Tartarin, vous ferez tout de même bien de vous méfier des Mauresques algériennes et des princes du Monténégro !...

Tartarin se dressa sur ses étriers en faisant sa moue.

– Le prince est mon ami, capitaine.

– Bon ! bon ! ne nous fâchons pas... Vous ne prenez pas une absinthe ? Non. Rien à faire dire au pays ?... Non plus... Eh bien ! alors, bon voyage... À propos, collègue, j'ai là du bon tabac de France, si vous en vouliez emporter quelques pipes... Prenez donc ! prenez donc ! ça vous fera du bien... Ce sont vos sacrés tabacs d'Orient qui vous barbouillent les idées.

Là-dessus le capitaine retourna à son absinthe et Tartarin, tout pensif, reprit au petit trot le chemin de sa maisonnette... Bien que sa grande âme se refusât à rien en croire, les insinuations de Barbassou l'avaient attristé, puis ces jurons du cru, l'accent de là-bas, tout cela éveillait en lui de vagues remords.

Au logis, il ne trouva personne. Baïa était au bain... La négresse lui parut laide, la maison triste... En proie à une indéfinissable mélancolie, il vint s'asseoir près de la fontaine et bourra une pipe avec le tabac de Barbassou. Ce tabac était enveloppé dans un fragment du *Sémaphore*. En le déployant, le nom de sa ville natale lui sauta aux yeux.

On nous écrit de Tarascon :

« La ville est dans les transes. Tartarin, le tueur de lions, parti pour chasser les grands félins en Afrique, n'a pas donné de ses nouvelles depuis plusieurs mois... Qu'est devenu notre héroïque compatriote ?... On ose à peine se le demander, quand on a connu comme nous cette tête ardente, cette audace, ce besoin d'aventures... A-t-il été comme tant d'autres englouti dans le sable, ou bien est-il tombé sous la dent meurtrière d'un de ces monstres de l'Atlas dont il avait promis les peaux à la municipalité ?... Terrible incertitude ! Pourtant des marchands nègres, venus à la foire de Beaucaire, prétendent avoir rencontré en plein désert un Européen dont le signalement se rapportait au sien, et qui se dirigeait vers Tombouctou... Dieu nous garde notre Tartarin ! »

Quand il lut cela, le Tarasconnais rougit, pâlit, frissonna. Tout Tarascon lui apparut : le cercle, les chasseurs de casquettes, le fauteuil vert chez Costecalde, et, planant au-dessus comme un aigle éployé, la formidable moustache du brave commandant Bravida.

Alors, de se voir là, comme il était, lâchement accroupi sur sa natte, tandis qu'on le croyait en train de massacrer des fauves, Tartarin de Tarascon eut honte de lui-même et pleura.

Tout à coup le héros bondit :

« Au lion ! au lion ! »

Et s'élançant dans le réduit poudreux où dormaient la tente-abri, la pharmacie, les conserves, la caisse d'armes, il les traîna au milieu de la cour.

Tartarin-Sancho venait d'expirer ; il ne restait plus que Tartarin-Quichotte.

Le temps d'inspecter son matériel, de s'armer, de se harnacher, de rechausser ses grandes bottes, d'écrire deux mots au prince pour lui confier Baïa, le temps de glisser sous l'enveloppe quelques billets bleus mouillés de larmes, et l'intrépide Tarasconnais roulait en diligence sur la route de Blidah, laissant à la maison sa négresse stupéfaite devant le narghilé, le turban, les babouches, toute la défroque musulmane de Sidi Tart'ri qui traînait piteusement sous les petits trèfles blancs de la galerie...

Troisième épisode

Chez les lions

I

Les Diligences déportées

C'était une vieille diligence d'autrefois, capitonnée à l'ancienne mode de drap gros bleu tout fané, avec ces énormes pompons de laine rêche qui, après quelques heures de route, finissent par vous faire des moxas dans le dos... Tartarin de Tarascon avait un coin de la rotonde ; il s'y installa de son mieux, et en attendant de respirer les émanations musquées des grands félins d'Afrique, le héros dut se contenter de cette bonne vieille odeur de diligence, bizarrement composée de mille odeurs, hommes, chevaux, femmes et cuir, victuailles et paille moisie.

Il y avait de tout un peu dans cette rotonde. Un trappiste, des marchands juifs, deux cocottes qui rejoignaient leur corps – le 3ème hussards – un photographe d'Orléansville... Mais, si charmante et variée que fut la compagnie, le Tarasconnais n'était pas en train de causer et resta là tout pensif, le bras passé dans la brassière, avec ses carabines entre ses genoux... Son départ précipité, les yeux noirs de Baïa, la terrible chasse qu'il allait entreprendre, tout cela lui troublait la cervelle, sans compter qu'avec son bon air patriarcal cette diligence européenne, retrouvée en pleine Afrique, lui rappelait vaguement le Tarascon de sa jeunesse, des courses dans la banlieue, de petits dîners au bord du Rhône, une foule de souvenirs...

Peu à peu la nuit tomba. Le conducteur alluma ses lanternes... La diligence rouillée sautait en criant sur ses vieux ressorts ; les chevaux trottaient, les grelots tintaient... De temps en temps, là-haut, sous la bâche de l'impériale, un terrible bruit de ferraille... C'était le matériel de guerre.

Tartarin de Tarascon, aux trois quarts assoupi, resta un moment à regarder les voyageurs comiquement secoués par les cahots, et dansant devant lui comme des ombres falotes, puis ses yeux s'obscurcirent, sa pensée se voila, et il n'entendit plus que très vaguement geindre l'essieu des roues, et les flancs de la diligence qui se plaignaient...

Subitement, une voix, une voix de vieille fée, enrouée, cassée, fêlée, appela le Tarasconnais par son nom :

– Monsieur Tartarin ! monsieur Tartarin !

– Qui m'appelle ?

– C'est moi, monsieur Tartarin ; vous ne me reconnaissez pas ?... Je suis la vieille diligence qui faisait – il y a vingt ans – le service de Tarascon à Nîmes... Que de fois je vous ai portés, vous et vos amis, quand vous alliez chasser les casquettes du côté de Jonquières ou de Bellegarde !... Je ne vous ai pas remis d'abord, à cause de votre bonnet de *Teur* et du corps que vous avez pris ; mais sitôt que vous vous êtes mis à rouler, coquin de bon sort ! je vous ai reconnu tout de suite.

– C'est bon ! c'est bon ! fit le Tarasconnais un peu vexé.

Puis, se radoucissant :

– Mais enfin, ma pauvre vieille, qu'est-ce que vous êtes venue faire ici ?

– Ah ! mon bon monsieur Tartarin, je n'y suis pas venue de mon plein gré, je vous assure... Une fois que le chemin de fer de Beaucaire a été fini, ils ne m'ont plus trouvée bonne à rien et ils m'ont envoyée en Afrique... Et je ne suis pas la seule ! presque toutes les diligences de France ont été déportées comme moi. On nous trouvait trop réactionnaires, et maintenant nous voilà toutes ici à mener une vie de galère... C'est ce qu'en France vous appelez les chemins de fer algériens.

Ici la vieille diligence poussa un long soupir ; puis elle reprit :

– Ah ! monsieur Tartarin, que je le regrette, mon beau Tarascon ! C'était alors le bon temps pour moi, le temps de la jeunesse ! Il fallait me voir partir le matin, lavée à grande eau et toute luisante avec mes roues vernissées à neuf, mes lanternes qui semblaient deux soleils et ma bâche toujours frottée d'huile ! C'est ça qui était beau quand le postillon faisait claquer son fouet sur l'air de : *Lagadigadeou, la Tarasque ! la Tarasque !* et que le conducteur, son piston en bandoulière, sa casquette brodée sur l'oreille, jetant d'un tour de bras son petit chien, toujours furieux, sur la bâche de l'impériale, s'élançait lui-même là-haut, en criant : « Allume ! allume ! » Alors mes quatre chevaux s'ébranlaient au bruit des grelots, des aboiements, des fanfares, les fenêtres s'ouvraient, et tout Tarascon regardait avec orgueil la diligence détaler sur la grande route royale.

« Quelle belle route, monsieur Tartarin, large, bien entretenue, avec ses bornes kilométriques, ses petits tas de pierre régulièrement espacés, et de droite et de gauche ses jolies plaines d'oliviers et de vignes... Puis, des auberges tous les dix pas, des relais toutes les cinq minutes... Et mes voyageurs, quels braves gens ! des maires et des curés qui allaient à Nîmes voir leur préfet ou leur évêque, de bons taffetassiers qui revenaient du Mazet bien honnêtement, des collégiens en vacances, des paysans en blouse brodée, tous frais rasés du matin, et là-haut, sur l'impériale, vous tous, messieurs les chasseurs de casquettes, qui étiez toujours de si bonne humeur, et qui chantiez si bien chacun *la vôtre*, le soir, aux étoiles, en revenant !...

« Maintenant, c'est une autre histoire... Dieu sait les gens que je charrie ! un tas de mécréants venus je ne sais d'où, qui me remplissent de vermine, des nègres, des Bédouins, des soudards, des aventuriers de tous les pays, des colons en guenilles qui m'empestent de leurs pipes, et tout cela parlant un langage auquel Dieu le Père ne comprendrait rien... Et puis vous voyez comme on me traite ! Jamais brossée, jamais lavée. On me plaint le cambouis de mes essieux... Au lieu de mes gros bons chevaux tranquilles d'autrefois, de petits chevaux arabes qui ont le diable au corps, se battent, se mordent, dansent en courant comme des chèvres, et me brisent mes brancards à coups de pieds... Aïe !... aïe !... tenez ! Voilà que cela commence... Et les routes ! Par ici, c'est encore supportable, parce que nous sommes près du gouvernement ; mais là-bas, plus rien, pas de chemin du tout. On va comme on peut, à travers monts et plaines, dans les palmiers nains, dans les lentisques... Pas un seul relais fixe. On arrête au caprice du conducteur, tantôt dans une ferme, tantôt dans une autre.

« Quelquefois ce polisson-là me fait faire un détour de deux lieues pour aller chez un
ami boire l'absinthe ou le *champoreau*... Après quoi, fouette, postillon ! il faut rattraper le
temps perdu. Le soleil cuit, la poussière brûle. Fouette toujours ! On accroche, on verse !
Fouette plus fort ! On passe des rivières à la nage, on s'enrhume, on se mouille, on se noie...
Fouette ! fouette ! fouette !... Puis le soir, toute ruisselante c'est cela qui est bon à mon âge,
avec mes rhumatismes !... – il me faut coucher à la belle étoile, dans une cour de caravansé-
rail ouverte à tous les vents. La nuit, des chacals, des hyènes viennent flairer mes caissons, et
les maraudeurs qui craignent la rosée se mettent au chaud dans mes compartiments... Voilà la
vie que je mène, mon pauvre monsieur Tartarin, et je la mènerai jusqu'au jour où, brûlée par
le soleil, pourrie par les nuits humides, je tomberai – ne pouvant plus faire autrement – sur un
coin de méchante route, où les Arabes feront bouillir leur couscous avec les débris de ma
vieille carcasse...

– Blidah ! Blidah ! fit le conducteur en ouvrant la portière.

II

Où l'on voit passer un petit monsieur

Vaguement, à travers les vitres dépolies par la buée, Tartarin de Tarascon entrevit une place de jolie sous-préfecture, place régulière, entourée d'arcades et plantée d'orangers, au milieu de laquelle de petits soldats de plomb faisaient l'exercice dans la claire brume rose du matin. Les cafés ôtaient leurs volets. Dans un coin, une halle avec des légumes.. C'était charmant, mais cela ne sentait pas encore le lion.

« Au Sud !... Plus au Sud ! » murmura le bon Tartarin en se renfonçant dans son coin.

À ce moment, la portière s'ouvrit. Une bouffée d'air frais entra, apportant sur ses ailes, dans le parfum des orangers fleuris, un tout petit monsieur en redingote noisette, vieux, sec, ridé, compassé, une figure grosse comme le poing, une cravate en soie noire haute de cinq doigts, une serviette en cuir, un parapluie : le parfait notaire de village.

En apercevant le matériel de guerre du Tarasconnais, le petit monsieur, qui s'était assis en face, parut excessivement surpris et se mit à regarder Tartarin avec une insistance gênante.

On détela, on attela, la diligence partit... Le petit monsieur regardait toujours Tartarin... À la fin, le Tarasconnais prit la mouche.

– Ça vous étonne ? fit-il en regardant à son tour le petit monsieur bien en face.

– Non ! Ça me gêne, répondit l'autre fort tranquillement, et le fait est qu'avec sa tente-abri, son revolver, ses deux fusils dans leur gaine, son couteau de chasse – sans parler de sa corpulence naturelle, Tartarin de Tarascon tenait beaucoup de place...

La réponse du petit monsieur le fâcha :

– Vous imaginez-vous par hasard que je vais aller au lion avec votre parapluie ? dit le grand homme fièrement.

Le petit monsieur regarda son parapluie, sourit doucement ; puis, toujours avec son même flegme :

– Alors, monsieur, vous êtes ?...

– Tartarin de Tarascon, tueur de lions !

En prononçant ces mots, l'intrépide Tarasconnais secoua comme une crinière le gland de sa chéchia.

Il y eut dans la diligence un mouvement de stupeur.

Le trappiste se signal, les cocottes poussèrent de petits cris d'effroi, et le photographe d'Orléansville se rapprocha du tueur de lions, rêvant déjà l'insigne honneur de faire sa photographie.

Le petit monsieur, lui, ne se déconcerta pas.

– Est-ce que vous avez déjà tué beaucoup de lions, monsieur Tartarin ? demanda-t-il très tranquillement.

Le Tarasconnais le reçut de la belle manière :

– Si j'en ai beaucoup tué, monsieur !... Je vous souhaiterais d'avoir seulement autant de cheveux sur la tête.

Et toute la diligence de rire en regardant les trois cheveux jaunes de Cadet-Roussel qui se hérissaient sur le crâne du petit monsieur.

À son tour le photographe d'Orléansville prit la parole :

– Terrible profession que la vôtre, monsieur Tartarin !... On passe quelquefois de mauvais moments... Ainsi, ce pauvre M. Bombonnel...

– Ah ! oui, le tueur de panthères... fit Tartarin assez dédaigneusement.

– Est-ce que vous le connaissez ? demanda le petit monsieur.

– Té ! pardi... Si je le connais... Nous avons chassé plus de vingt fois ensemble.

Le petit monsieur sourit.

– Vous chassez donc la panthère aussi, monsieur Tartarin ?

Quelquefois, par passe-temps... fit l'enragé Tarasconnais.

Il ajouta, en relevant la tête d'un geste héroïque qui enflamma le cœur des deux cocottes :

– Ça ne vaut pas le lion !

– En somme, hasarda le photographe d'Orléansville, une panthère, ce n'est qu'un gros chat...

– Tout juste ! fit Tartarin qui n'était pas fâché de rabaisser un peu la gloire de Bombonnel, surtout devant les dames.

Ici la diligence s'arrêta, le conducteur vint ouvrir la portière et s'adressant au petit vieux :

– Vous voilà arrivé, monsieur, lui dit-il d'un air très respectueux.

Le petit monsieur se leva, descendit, puis avant de refermer la portière :

– Voulez-vous me permettre de vous donner un conseil, monsieur Tartarin ?

– Lequel, monsieur ?

– Ma foi ! écoutez, vous avez l'air d'un brave homme, j'aime mieux vous dire ce qu'il en est... Retournez vite à Tarascon, monsieur Tartarin... Vous perdez votre temps ici.. Il reste bien encore quelques panthères dans la province ; mais, fi donc ! c'est un trop petit gibier pour vous... Quant aux lions, c'est fini. Il n'en reste plus en Algérie... mon ami Chassaing vient de tuer le dernier.

Sur quoi le petit monsieur salua, ferma la portière, et s'en alla en riant avec sa serviette et son parapluie.

– Conducteur, demanda Tartarin en faisant sa moue, qu'est-ce que c'est donc que ce bonhomme-là ?

– Comment ! vous ne le connaissez pas ? Mais c'est M. Bombonnel.

III

Un couvent de lions

À Milianah, Tartarin de Tarascon descendit, laissant la diligence continuer sa route vers le Sud.

Deux jours de durs cahots, deux nuits passées les yeux ouverts à regarder par la portière s'il n'apercevrait pas dans les champs, au bord de la route, l'ombre formidable du lion, tant d'insomnies méritaient bien quelques heures de repos. Et puis, s'il faut tout dire, depuis sa mésaventure avec Bombonnel, le loyal Tarasconnais se sentait mal à l'aise, malgré ses armes, sa moue terrible, son bonnet rouge, devant le photographe d'Orléansville et les deux demoiselles du 3ème hussards.

Il se dirigea donc à travers les larges rues de Milianah, pleines de beaux arbres et de fontaines ; mais, tout en cherchant un hôtel à sa convenance, le pauvre homme ne pouvait s'empêcher de songer aux paroles de Bombonnel... Si c'était vrai pourtant ? S'il n'y avait plus de lions en Algérie ?... À quoi bon alors tant de courses, tant de fatigues ?...

Soudain, au détour d'une rue, notre héros se trouva face à face... avec qui ? Devinez... Avec un lion superbe, qui attendait devant la porte d'un café, assis royalement sur son train de derrière, sa crinière fauve au soleil.

« Qu'est-ce qu'ils me disaient donc, qu'il n'y en avait plus ? » s'écria le Tarasconnais en faisant un saut en arrière... En entendant cette exclamation, le lion baissa la tête et, prenant dans sa gueule une sébile en bois posée devant lui sur le trottoir, il la tendit humblement du côté de Tartarin immobile de stupeur... Un Arabe qui passait jeta un gros sou dans la sébile ; le lion remua la queue... Alors Tartarin comprit tout. Il vit, ce que l'émotion l'avait d'abord empêché de voir, la foule attroupée autour du pauvre lion aveugle et apprivoisé, et les deux grands nègres armés de gourdins qui le promenaient à travers la ville comme un Savoyard sa marmotte.

Le sang du Tarasconnais ne fit qu'un tour : « Misérables, cria-t-il d'une voix de tonnerre, ravaler ainsi ces nobles bêtes ! » Et, s'élançant sur le lion, il lui arracha l'immonde sébile d'entre ses royales mâchoires. Les deux nègres, croyant avoir affaire à un voleur, se précipitèrent sur le Tarasconnais, la matraque haute... Ce fut une terrible bousculade... Les nègres tapaient, les femmes piaillaient, les enfants riaient. Un vieux cordonnier juif criait du fond de sa boutique : « *Au zouge de paix ! Au zouge de paix !* » Le lion lui-même, dans sa nuit, essaya d'un rugissement, et le malheureux Tartarin, après une lutte désespérée, roula par terre au milieu des gros sous et des balayures.

À ce moment, un homme fendit la foule, écarta les nègres d'un mot, les femmes et les enfants d'un geste, releva Tartarin, le brossa, le secoua, et l'assit tout essoufflé sur une borne.

– Comment ! *préïnce*, c'est vous ?... fit le bon Tartarin en se frottant les côtes.

– Eh ! oui, mon vaillant ami, c'est moi… Sitôt votre lettre reçue, j'ai confié Baïa à son frère, loué une chaise de poste, fait cinquante lieues ventre à terre, et me voilà juste à temps pour vous arracher à la brutalité de ces rustres… Qu'est-ce que vous avez donc fait, juste Dieu ! pour vous attirer cette méchante affaire ?

– Que voulez-vous, *prëince* ?… De voir ce malheureux lion avec sa sébile aux dents, humilié, vaincu, bafoué, servant de risée à toute cette pouillerie musulmane…

– Mais vous vous trompez, mon noble ami. Ce lion est, au contraire, pour eux un objet de respect et d'adoration. C'est une bête sacrée, qui fait partie d'un grand couvent de lions, fondé, il y a trois cents ans par Mohammed-ben-Aouda, une espèce de Trappe formidable et farouche, pleine de rugissements et d'odeurs de fauve, où des moines singuliers élèvent et apprivoisent des lions par centaines et les envoient de là dans toute l'Afrique septentrionale, accompagnés de frères quêteurs. Les dons que reçoivent les frères servent à l'entretien du couvent et de sa mosquée ; et si les deux nègres ont montré tant d'humeur tout à l'heure, c'est qu'ils ont la conviction que pour un sou, un seul sou de la quête, volé ou perdu par leur faute, le lion qu'ils conduisent les dévorerait immédiatement.

En écoutant ce récit invraisemblable et pourtant véridique, Tartarin de Tarascon se délectait et reniflait l'air bruyamment.

– Ce qui me va dans tout ceci, fit-il en matière de conclusion, c'est que, n'en déplaise à mon Bombonnel, il y a encore des lions en Algérie !…

– S'il y en a ! dit le prince avec enthousiasme… Dès demain, nous allons battre la plaine du Chéliff, et vous verrez

– Eh quoi ! prince… Auriez-vous l'intention de chasser, vous aussi !

– Parbleu ! pensez-vous donc que je vous laisserais vous en aller seul en pleine Afrique, au milieu de ces tribus féroces dont vous ignorez la langue et les usages… Non ! non ! illustre Tartarin, je ne vous quitte plus… Partout où vous serez, je veux être.

– Oh ! *prëince, prëince*…

Et Tartarin, radieux, pressa sur son cœur le vaillant Grégory, en songeant avec fierté qu'à l'exemple de Jules Gérard, de Bombonnel et tous les autres fameux tueurs de lions, il allait avoir un prince étranger pour l'accompagner dans ses chasses.

IV

La Caravane en marche

Le lendemain, dès la première heure, l'intrépide Tartarin et le non moins intrépide prince Grégory, suivis d'une demi-douzaine de portefaix nègres, sortaient de Milianah et descendaient vers la plaine du Chéliff par un raidillon délicieux tout ombragé de jasmins, de thuyas, de caroubiers, d'oliviers sauvages, entre deux haies de petits jardins indigènes et des milliers de joyeuses sources vives qui dégringolaient de roche en roche en chantant... Un paysage du Liban.

Aussi chargé d'armes que le grand Tartarin, le prince Grégory s'était en plus affublé d'un magnifique et singulier képi tout galonné d'or, avec une garniture de feuilles de chênes brodées au fil d'argent, qui donnait à Son Altesse un faux air de général mexicain, ou de chef de gare des bords du Danube.

Ce diable de képi intriguait beaucoup le Tarasconnais ; et comme il demandait timidement quelques explications :

« Coiffure indispensable pour voyager en Afrique », répondit le prince avec gravité ; et tout en faisant reluire sa visière d'un revers de manche, il renseigna son naïf compagnon sur le rôle important que joue le képi dans nos relations avec les Arabes, la terreur que cet insigne militaire a, seul, le privilège de leur inspirer, si bien que l'administration civile a été obligée de coiffer tout son monde avec des képis, depuis le cantonnier jusqu'au receveur de l'enregistrement. En somme pour gouverner l'Algérie – c'est toujours le prince qui parle – pas n'est besoin d'une forte tête, ni même de tête du tout. Il suffit d'un képi, d'un beau képi galonné reluisant au bout d'une trique comme la toque de Gessler.

Ainsi causant et philosophant, la caravane allait son train. Les portefaix – pieds nus – sautaient de roche en roche avec des cris de singes. Les caisses d'armes sonnaient. Les fusils flambaient. Les indigènes qui passaient s'inclinaient jusqu'à terre devant le képi magique... Là-haut, sur les remparts de Milianah, le chef du bureau arabe, qui se promenait au bon frais avec sa dame, entendant ces bruits insolites, et voyant des armes luire entre les branches, crut à un coup de main, fit baisser le pont-levis, battre la générale, et mit incontinent la ville en état de siège.

Beau début pour la caravane !

Malheureusement, avant la fin du jour, les choses se gâtèrent. Des nègres qui portaient les bagages, l'un fut pris d'atroces coliques pour avoir mangé le sparadrap de la pharmacie. Un autre tomba sur le bord de la route ivre-mort d'eau-de-vie camphrée. Le troisième, celui qui portait l'album de voyage, séduit par les dorures des fermoirs, et persuadé qu'il enlevait les trésors de la Mecque, se sauva dans le Zaccar à toutes jambes...

Il fallut aviser... La caravane fit halte, et tint conseil dans l'ombre trouée d'un vieux figuier.

– Je serais d'avis, dit le prince, en essayant, mais sans succès, de délayer une tablette de pemmican dans une casserole perfectionnée à triple fond, je serais d'avis que, dès ce soir, nous renoncions aux porteurs nègres… Il y a précisément un marché arabe tout près d'ici. Le mieux est de nous y arrêter, et de faire emplette de quelques bourriquots…

– Non !… non !… pas de bourriquots !… interrompit vivement le grand Tartarin, que le souvenir de Noiraud avait fait devenir tout rouge.

Et il ajouta, l'hypocrite :

– Comment voulez-vous que de si petites bêtes puissent porter tout notre attirail ?

Le prince sourit.

– C'est ce qui vous trompe, mon illustre ami. Si maigre et si chétif qu'il vous paraisse, le bourriquot algérien a les reins solides… Il le faut bien pour supporter tout ce qu'il supporte… Demandez plutôt aux Arabes. Voici comment ils expliquent notre organisation coloniale… En haut, disent-ils, il y a *mouci* le gouverneur, avec une grande trique, qui tape sur l'état-major ; l'état-major, pour se venger, tape sur le soldat ; le soldat tape sur le colon, le colon tape sur l'Arabe, l'Arabe tape sur le nègre, le nègre tape sur le juif, le juif à son tour tape sur le bourriquot ; et le pauvre petit bourriquot n'ayant personne sur qui taper, tend l'échine et porte tout. Vous voyez bien qu'il peut porter vos caisses.

C'est égal, reprit Tartarin de Tarascon, je trouve que, pour le coup d'œil de notre caravane, des ânes ne feraient pas très bien… Je voudrais quelque chose de plus oriental… Ainsi, par exemple, si nous pouvions avoir un chameau…

– Tant que vous en voudrez, fit l'Altesse, et l'on se mit en route pour le marché arabe.

Le marché se tenait à quelques kilomètres, sur les bords du Chéliff… Il y avait là cinq ou six mille Arabes en guenilles, grouillant au soleil, et trafiquant bruyamment au milieu des jarres d'olives noires, des pots de miel, des sacs d'épices et des cigares en gros tas ; de grands feux où rôtissaient des moutons entiers, ruisselant de beurre, des boucheries en plein air, où des nègres tout nus, les pieds dans le sang, les bras rouges, dépeçaient, avec de petits couteaux, des chevreaux à une perche.

Dans un coin, sous une tente rapetassée de mille couleurs, un greffier maure, avec un grand livre et des lunettes. Ici, un groupe, des cris de rage : c'est un jeu de roulette, installé sur une mesure à blé, et des Kabyles qui s'éventrent autour… Là-bas, des trépignements, une joie, des rires : c'est un marchand juif avec sa mule, qu'on regarde se noyer dans le Chéliff… Puis des scorpions, des chiens, des corbeaux ; et des mouches !… des mouches !…

Par exemple, les chameaux manquaient. On finit pourtant par en découvrir un, dont des Mozabites cherchaient à se défaire. C'était le vrai chameau du désert, le chameau classique, chauve, l'air triste, avec sa longue tête de bédouin et sa bosse qui, devenue flasque par suite de trop longs jeûnes, pendait mélancoliquement sur le côté.

Tartarin le trouva si beau, qu'il voulut que la caravane entière montât dessus... Toujours la folie orientale !...

La bête s'accroupit. On sangla les malles.

Le prince s'installa sur le cou de l'animal. Tartarin pour plus de majesté, se fit hisser tout en haut de la bosse, entre deux caisses ; et là, fier et bien calé, saluant d'un geste noble tout le marché accouru, il donna le signal du départ... Tonnerre ! si ceux de Tarascon avaient pu le voir !...

Le chameau se redressa, allongea ses grandes jambes à nœuds, et prit son vol...

Ô stupeur ! Au bout de quelques enjambées, voilà Tartarin qui se sent pâlir, et l'héroïque chéchia qui reprend une à une ses anciennes positions du temps du *Zouave*. Ce diable de chameau tanguait comme une frégate.

« *Prëînce, prëînce,* murmura Tartarin tout blême, et s'accrochant à l'étoupe sèche de la bosse, *prëînce,* descendons... Je sens... je sens... que je vais faire bafouer la France... »

Va te promener ! le chameau était lancé, et rien ne pouvait plus l'arrêter. Quatre mille Arabes couraient derrière, pieds nus, gesticulant, riant comme des fous, et faisant luire au soleil six cent mille dents blanches...

Le grand homme de Tarascon dut se résigner. Il s'affaissa tristement sur la bosse. La chéchia prit toutes les positions qu'elle voulut... et la France fut bafouée.

V

L'Affût du soir dans un bois de lauriers-roses

Si pittoresque que fût leur nouvelle monture, nos tueurs de lions durent y renoncer, par égard pour la chéchia. On continua donc la route à pied comme devant, et la caravane s'en alla tranquillement vers le Sud par petites étapes, le Tarasconnais en tête, le Monténégrin en queue, et dans les rangs le chameau avec les caisses d'armes.

L'expédition dura près d'un mois.

Pendant un mois, cherchant des lions introuvables, le terrible Tartarin erra de douar en douar dans l'immense plaine du Chéliff, à travers cette formidable et cocasse Algérie française, où les parfums du vieil Orient se compliquent d'une forte odeur d'absinthe et de caserne, Abraham et Zouzou mêlés, quelque chose de féerique et de naïvement burlesque, comme une page de l'Ancien Testament racontée par le sergent La Ramée ou le brigadier Pitou… Curieux spectacle pour des yeux qui auraient su voir… Un peuple sauvage et pourri que nous civilisons, en lui donnant nos vices… L'autorité féroce et sans contrôle de bachagas fantastiques, qui se mouchent gravement dans leurs grands cordons de la Légion d'honneur, et pour un oui ou pour un non font bâtonner les gens sur la plante des pieds. La justice sans conscience de cadis à grosses lunettes, tartufes du Coran et de la loi, qui rêvent de quinze août et de promotion sous les palmes, et vendent leurs arrêts, comme Esaü son droit d'aînesse, pour un plat de lentilles ou de couscous au sucre. Des caïds libertins et ivrognes, anciens brasseurs d'un général Yusuf quelconque, qui se soûlent de champagne avec des blanchisseuses mahonnaises, et font des ripailles de mouton rôti, pendant que, devant leurs tentes, toute la tribu crève de faim, et dispute aux lévriers les rogatons de la ribote seigneuriale.

Puis, tout autour, des plaines en friche, de l'herbe brûlée, des buissons chauves, des maquis de cactus et de lentisques, le grenier de la France !… Grenier vide de grains, hélas ! et riche seulement en chacals et en punaises. Des douars abandonnés, des tribus effarées qui s'en vont sans savoir où, fuyant la faim, et semant des cadavres le long de la route. De loin en loin, un village français, avec des maisons en ruine, des champs sans culture, des sauterelles enragées, qui mangent jusqu'aux rideaux des fenêtres, et tous les colons dans les cafés, en train de boire de l'absinthe en discutant des projets de réforme et de constitution.

Voilà ce que Tartarin aurait pu voir, s'il s'en était donné la peine ; mais, tout entier à sa passion léonine, l'homme de Tarascon allait droit devant lui, sans regarder ni à droite ni à gauche, l'œil obstinément fixé sur ces monstres imaginaires, qui ne paraissaient jamais

Comme la tente-abri s'entêtait à ne pas s'ouvrir et les tablettes de pemmican à ne pas fondre, la caravane était obligée de s'arrêter matin et soir dans les tribus. Partout, grâce au képi du prince Grégory, nos chasseurs étaient reçus à bras ouverts. Ils logeaient chez les agas, dans des palais bizarres, grandes fermes blanches sans fenêtres, où l'on trouve pêle-mêle des narghilés et des commodes en acajou, des tapis de Smyrne et des lampes-modérateur, des coffres de cèdre pleins de sequins turcs, et des pendules à sujets, style Louis-Philippe… Partout on donnait à Tartarin des fêtes splendides, des *diffas*, des *fantasias*… En son honneur, des goums entiers faisaient parler la poudre et luire leurs burnous au soleil. Puis, quand la poudre avait parlé, le bon aga venait et présentait sa note... C'est ce qu'on appelle l'hospitalité arabe...

Et toujours pas de lions. Pas plus de lions que sur le Pont-Neuf !

Cependant le Tarasconnais ne se décourageait pas. S'enfonçant bravement dans le Sud, il passait ses journées à battre le maquis, fouillant les palmiers-nains du bout de sa carabine, et faisant « frrt ! frrt ! » à chaque buisson. Puis, tous les soirs avant de se coucher, un petit affût de deux ou trois heures... Peine perdue ! le lion ne se montrait pas.

Un soir pourtant, vers les six heures, comme la caravane traversait un bois de lentisques tout violet où de grosses cailles alourdies par la chaleur sautaient çà et là dans l'herbe, Tartarin de Tarascon crut entendre – mais si loin, mais si vague, mais si émietté par la brise – ce merveilleux rugissement qu'il avait entendu tant de fois là-bas à Tarascon, derrière la baraque Mitaine.

D'abord le héros croyait rêver... Mais au bout d'un instant, lointains toujours, quoique plus distincts, les rugissements recommencèrent ; et cette fois, tandis qu'à tous les coins de l'horizon on entendait hurler les chiens des douars – secouée par la terreur et faisant retentir les conserves et les caisses d'armes, la bosse du chameau frissonna.

Plus de doute. C'était le lion... Vite, vite, à l'affût. Pas une minute à perdre.

Il y avait tout juste près de là un vieux *marabout* (tombeau de saint) à coupole blanche, avec les grandes pantoufles jaunes du défunt déposées dans une niche au-dessus de la porte, et un fouillis d'ex-voto bizarres, pans de burnous, fils d'or, cheveux roux, qui pendaient le long des murailles... Tartarin de Tarascon y remisa son prince et son chameau et se mit en quête d'un affût. Le prince Grégory voulait le suivre, mais le Tarasconnais s'y refusa ; il tenait à affronter le lion seul à seul. Toutefois il recommanda à Son Altesse de ne pas s'éloigner, et, par mesure de précaution, il lui confia son portefeuille, un gros portefeuille plein de papiers précieux et de billets de banque, qu'il craignait de faire écornifler par la griffe du lion. Ceci fait, le héros chercha son poste.

Cent pas en avant du marabout, un petit bois de lauriers-roses tremblait dans la gaze du crépuscule, au bord d'une rivière presque à sec. C'est là que Tartarin vint s'embusquer, le genou en terre, selon la formule, la carabine au poing et son grand couteau de chasse planté fièrement devant lui dans le sable de la berge.

La nuit arriva. Le rose de la nature passa au violet, puis au bleu sombre... En bas, dans les cailloux de la rivière, luisait comme un miroir à main une petite flaque d'eau claire. C'était l'abreuvoir des fauves. Sur la pente de l'autre berge, on voyait vaguement le sentier blanc que leurs grosses pattes avaient tracé dans les lentisques. Cette pente mystérieuse donnait le frisson. Joignez à cela le fourmillement vague des nuits africaines, branches frôlées, pas de velours d'animaux rôdeurs, aboiements grêles des chacals, et là-haut, dans le ciel, à cent, deux cents mètres, de grands troupeaux de grues qui passent avec des cris d'enfants qu'on égorge ; vous avouerez qu'il y avait de quoi être ému.

Tartarin l'était. Il l'était même beaucoup. Les dents lui claquaient, le pauvre homme ! Et sur la garde de son couteau de chasse planté en terre le canon de son fusil rayé sonnait comme une paire de castagnettes... Qu'est-ce que vous voulez ! Il y a des soirs où l'on n'est pas en train, et puis où serait le mérite, si les héros n'avaient jamais peur...

Eh bien ! oui, Tartarin eut peur, et tout le temps encore. Néanmoins, il tint bon une heure, deux heures, mais l'héroïsme a ses limites... Près de lui, dans le lit desséché de la rivière, le Tarasconnais entend tout à coup un bruit de pas, des cailloux qui roulent. Cette fois la terreur l'enlève de terre. Il tire ses deux coups au hasard dans la nuit, et se replie à toutes jambes sur le marabout, laissant son coutelas debout dans le sable comme une croix commémorative de la plus formidable panique qui ait jamais assailli l'âme d'un dompteur d'hydres.

– À moi, *préince...* le lion !...

Un silence.

– *Préince, préince*, êtes-vous là ?

Le prince n'était pas là. Sur le mur blanc du marabout, le bon chameau projetait seul au clair de lune l'ombre bizarre de sa bosse. Le prince Grégory venait de filer en emportant portefeuille et billets de banque... Il y avait un mois que Son Altesse attendait cette occasion...

VI

Enfin !...

Le lendemain de cette aventureuse et tragique soirée, lorsqu'au petit jour notre héros se réveilla, et qu'il eut acquis la certitude que le prince et le magot étaient réellement partis, partis sans retour ; lorsqu'il se vit seul dans cette petite tombe blanche, trahi, volé, abandonné en pleine Algérie sauvage avec un chameau à bosse simple et quelque monnaie de poche pour toute ressource, alors, pour la première fois, le Tarasconnais douta. Il douta du Monténégro, il douta de l'amitié, il douta de la gloire, il douta même des lions ; et, comme le Christ à Gethsémani, le grand homme se prit à pleurer amèrement.

Or, tandis qu'il était là pensivement assis sur la porte du marabout, sa tête dans ses deux mains, sa carabine entre ses jambes, et le chameau qui le regardait, soudain le maquis d'en face s'écarte et Tartarin, stupéfait, voit paraître, à dix pas devant lui, un lion gigantesque s'avançant la tête haute et poussant des rugissements formidables qui font trembler les murs du marabout tout chargés d'oripeaux et jusqu'aux pantoufles du saint dans leur niche.

Seul, le Tarasconnais ne trembla pas.

« Enfin ! » cria-t-il en bondissant, la crosse à l'épaule... Pan !... pan ! pfft ! pfft ! C'était fait... Le lion avait deux balles explosibles dans la tête... Pendant une minute, sur le fond embrasé du ciel africain, ce fut un feu d'artifice épouvantable de cervelle en éclats, de sang fumant et de toison rousse éparpillée. Puis tout retomba et Tartarin aperçut... deux grands nègres qui couraient sur lui, la matraque en l'air. Les deux nègres de Milianah !

Ô misère ! c'était le lion apprivoisé, le pauvre aveugle du couvent de Mohammed que les balles tarasconnaises venaient d'abattre.

Cette fois, par Mahom ! Tartarin l'échappa belle. Ivres de fureur fanatique, les deux nègres quêteurs l'auraient sûrement mis en pièces, si le Dieu des chrétiens n'avait envoyé à son aide un ange libérateur, le garde-champêtre de la commune d'Orléansville arrivant son sabre sous le bras, par un petit sentier.

La vue du képi municipal calma subitement la colère des nègres. Paisible et majestueux, l'homme de la plaque dressa procès-verbal de l'affaire, fit charger sur le chameau ce qui restait du lion, ordonna aux plaignants comme au délinquant de le suivre, et se dirigea sur Orléansville, où le tout fut déposé au greffe.

Ce fut une longue et terrible procédure !

Après l'Algérie des tribus, qu'il venait de parcourir, Tartarin de Tarascon connut alors une autre Algérie non moins cocasse et formidable, l'Algérie des villes, processive et avocassière. Il connut la judiciaire louche qui se tripote au fond des cafés, la bohème des gens de loi, les dossiers qui sentent l'absinthe, les cravates blanches mouchetées de *champoreau* ; il connut les huissiers, les agréés, les agents d'affaires, toutes ces sauterelles du papier timbré, affamées et maigres, qui mangent le colon jusqu'aux tiges de ses bottes et le laissent déchiqueté feuille par feuille comme un plant de maïs...

Avant tout il s'agissait de savoir si le lion avait été tué sur le territoire civil ou le territoire militaire. Dans le premier cas l'affaire regardait le tribunal de commerce ; dans le second, Tartarin relevait du conseil de guerre, et, à ce mot de conseil de guerre, l'impressionnable Tarasconnais se voyait déjà fusillé au pied des remparts, ou croupissant dans le fond d'un silo...

Le terrible, c'est que la délimitation des deux territoires est très vague en Algérie... Enfin, après un mois de courses, d'intrigues, de stations au soleil dans les cours des bureaux arabes, il fut établi que si d'une part le lion avait été tué sur le territoire militaire, d'autre part, Tartarin, lorsqu'il tira, se trouvait sur le territoire civil. L'affaire se jugea donc au civil et notre héros en fut quitte pour *deux mille cinq cents francs* d'indemnité, sans les frais.

Comment faire pour payer tout cela ? Les quelques piastres échappées à la razzia du prince s'en étaient allées depuis longtemps en papiers légaux et en absinthes judiciaires.

Le malheureux tueur de lions fut donc réduit à vendre la caisse d'armes au détail, carabine par carabine. Il vendit les poignards, les kriss malais, les casse-tête... Un épicier acheta les conserves alimentaires. Un pharmacien, ce qui restait du sparadrap. Les grandes bottes elles-mêmes y passèrent et suivirent la tente-abri perfectionnée chez un marchand de bric-à-brac, qui les éleva à la hauteur de curiosités cochinchinoises... Une fois tout payé, il ne restait plus à Tartarin que la peau du lion et le chameau. La peau, il l'emballa soigneusement et la dirigea sur Tarascon, à l'adresse du brave commandant Bravida. (Nous verrons tout à l'heure ce qu'il advint de cette fabuleuse dépouille.) Quant au chameau, il comptait s'en servir pour regagner Alger, non pas en montant dessus, mais en le vendant pour payer la diligence ; ce qui est encore la meilleure façon de voyager à chameau. Malheureusement, la bête était d'un placement difficile, et personne n'en offrit un liard.

Tartarin cependant voulait regagner Alger à toute force. Il avait hâte de revoir le corselet bleu de Baïa, sa maisonnette, ses fontaines, et de se reposer sur les trèfles blancs de son petit cloître, en attendant de l'argent de France. Aussi notre héros n'hésita pas : et navré, mais point abattu, il entreprit de faire la route à pied, sans argent, par petites journées.

En cette occurrence, le chameau ne l'abandonna pas. Cet étrange animal s'était pris pour son maître d'une tendresse inexplicable, et, le voyant sortir d'Orléansville, se mit à marcher religieusement derrière lui, réglant son pas sur le sien et ne le quittant pas d'une semelle.

Au premier moment, Tartarin trouva cela touchant ; cette fidélité, ce dévouement à toute épreuve lui allaient au cœur, d'autant que la bête était commode et se nourrissait avec rien. Pourtant, au bout de quelques jours, le Tarasconnais s'ennuya d'avoir perpétuellement sur les talons ce compagnon mélancolique, qui lui rappelait toutes ses mésaventures ; puis, l'aigreur s'en mêlant, il lui en voulut de son air triste, de sa bosse, de son allure d'oie bridée. Pour tout dire, il le prit en grippe et ne songea plus qu'à s'en débarrasser ; mais l'animal tenait bon... Tartarin essaya de le perdre, le chameau le retrouva ; il essaya de courir, le chameau courut plus vite... Il lui criait : « Va-t'en ! » en lui jetant des pierres. Le chameau s'arrêtait et le regardait d'un air triste, puis, au bout d'un moment, il se remettait en route et finissait toujours par le rattraper. Tartarin dut se résigner.

Pourtant, lorsque, après huit grands jours de marche, le Tarasconnais poudreux, harassé, vit de loin étinceler dans la verdure les premières terrasses blanches d'Alger, lorsqu'il se trouva aux portes de la ville, sur l'avenue bruyante de Mustapha, au milieu des zouaves, des biskris, des Mahonnaises, tous grouillant autour de lui et le regardant défiler avec son chameau, pour le coup la patience lui échappa : « Non ! non ! dit-il, ce n'est pas possible... je ne peux pas entrer dans Alger avec un animal pareil ! » et, profitant d'un encombrement de voitures, il fit un crochet dans les champs et se jeta dans un fossé !...

Au bout d'un moment, il vit au-dessus de sa tête, sur la chaussée de la route, le chameau qui filait à grandes enjambées, allongeant le cou d'un air anxieux.

Alors, soulagé d'un grand poids, le héros sortit de sa cachette et rentra dans la ville par un sentier détourné qui longeait le mur de son petit clos.

VII

Catastrophes sur catastrophes

En arrivant devant sa maison mauresque, Tartarin s'arrêta très étonné. Le jour tombait, la rue était déserte. Par la porte basse en ogive que la négresse avait oublié de fermer, on entendait des rires, des bruits de verres, des détonations de bouchons de champagne, et dominant tout ce joli vacarme une voix de femme qui chantait, joyeuse et claire :

Aimes-tu, Marco la belle,
La danse aux salons en fleurs...

« Tron de Diou ! » fit le Tarasconnais en pâlissant, et il se précipita dans la cour.

Malheureux Tartarin ! Quel spectacle l'attendait... Sous les arceaux du petit cloître, au milieu des flacons, des pâtisseries, des coussins épars, des pipes, des tambourins, des guitares, Baïa debout, sans veston bleu ni corselet, rien qu'une chemisette de gaze argentée et un grand pantalon rose tendre, chantait *Marco la Belle* avec une casquette d'officier de marine sur l'oreille... À ses pieds, sur une natte, gavé d'amour et de confitures, Barbassou, l'infâme capitaine Barbassou, se crevait de rire en l'écoutant.

L'apparition de Tartarin, hâve, maigri, poudreux, les yeux flamboyants, la chéchia hérissée, interrompit tout net cette aimable orgie turco-marseillaise. Baïa poussa un petit cri de levrette effrayée, et se sauva dans la maison. Barbassou, lui, ne se troubla pas, et riant de plus belle :

– Hé ! bé ! monsieur Tartarin, qu'est-ce que vous en dites ? Vous voyez bien qu'elle savait le français !

Tartarin de Tarascon s'avança furieux :

– Capitaine !

– *Digo-li qué vengué, moun bon !* cria la Mauresque, se penchant de la galerie du premier avec un joli geste canaille. Le pauvre homme, atterré, se laissa choir sur un tambour. Sa Mauresque savait même le marseillais !

– Quand je vous disais de vous méfier des Algériennes ! fit sentencieusement le capitaine Barbassou. C'est comme votre prince monténégrin.

Tartarin releva la tête.

– Vous savez où est le prince ?

– Oh ! il n'est pas loin. Il habite pour cinq ans la belle prison de Mustapha. Le drôle s'est laissé prendre la main dans le sac... Du reste, ce n'est pas la première fois qu'on le met à l’ombre. Son Altesse a déjà fait trois ans de maison centrale quelque part... et, tenez ! je crois même que c’est à Tarascon.

– À Tarascon !... s’écria Tartarin subitement illuminé... C’est donc ça qu’il ne connaissait qu’un côté de la ville...

– Hé ! sans doute... Tarascon vu de la maison centrale... Ah ! mon pauvre monsieur Tartarin, il faut joliment ouvrir l’œil dans ce diable de pays, sans quoi on est exposé à des choses bien désagréables... Ainsi votre histoire avec le muezzin...

– Quelle histoire ? Quel muezzin ?

– Té ! pardi !... le muezzin d’en face qui faisait la cour à Baïa... L’*Akbar* a raconté l’affaire l’autre jour, et tout Alger en rit encore... C’est si drôle ce muezzin qui, du haut de sa tour, tout en chantant ses prières, faisait sous votre nez des déclarations à la petite, et lui donnait des rendez-vous en invoquant le nom d’Allah...

Mais c’est donc tous des gredins dans ce pays ?... hurla le malheureux Tarasconnais.

Barbassou eut un geste de philosophe.

– Mon cher, vous savez, les pays neufs... C’est égal ! si vous m’en croyez, vous retournerez bien vite à Tarascon.

– Retourner... c’est facile à dire... Et l’argent ?... Vous ne savez donc pas comme ils m’ont plumé, là-bas, dans le désert ?

– Qu’à cela ne tienne ! fit le capitaine en riant... *Le Zouave* part demain, et si vous voulez, je vous rapatrie... ça vous va-t-il, collègue ?... Alors, très bien. Vous n’avez plus qu’une chose à faire. Il reste encore quelques fioles de champagne, une moitié de croustade... asseyez-vous là, et sans rancune !...

Après la minute d’hésitation que lui commandait sa dignité, le Tarasconnais prit bravement son parti. Il s’assit, on trinqua ; Baïa, redescendue au bruit des verres, chanta la fin de *Marco la Belle*, et la fête se prolongea fort avant dans la nuit.

Vers trois heures du matin, la tête légère et le pied lourd, le bon Tartarin revenait d’accompagner son ami le capitaine, lorsqu’en passant devant la mosquée, le souvenir du muezzin et de ses farces le fit rire, et tout de suite une belle idée de vengeance lui traversa le cerveau. La porte était ouverte. Il entra, suivit de longs couloirs tapissés de nattes, monta encore, et finit par se trouver dans un petit oratoire turc, où une lanterne en fer découpé se balançait au plafond, brodant les murs blancs d’ombres bizarres.

Le muezzin était là, assis sur un divan, avec son gros turban, sa pelisse blanche, sa pipe de Mostaganem, et devant un grand verre d’absinthe, qu’il battait religieusement, en attendant l’heure d’appeler les croyants à la prière... À la vue de Tartarin, il lâcha sa pipe de terreur.

– Pas un mot, curé, fit le Tarasconnais, qui avait son idée... Vite, ton turban, ta pelisse !...

Le curé turc, tout tremblant, donna son turban, sa pelisse, tout ce qu'on voulut. Tartarin s'en affubla, et passa gravement sur la terrasse du minaret.

La mer luisait au loin. Les toits blancs étincelaient au clair de lune. On entendait dans la brise marine quelques guitares attardées... Le muezzin de Tarascon se recueillit un moment, puis, levant les bras, il commença à psalmodier d'une voix suraiguë :

« *La Allah il Allah...* Mahomet est un vieux farceur... L'Orient, le Coran, les bachagas, les lions, les Mauresques, tout ça ne vaut pas un viédaze !... Il n'y a plus de *Teurs*. Il n'y a que des carotteurs... Vive Tarascon !... »

Et pendant qu'en un jargon bizarre, mêlé d'arabe et de provençal, l'illustre Tartarin jetait aux quatre coins de l'horizon, sur la mer, sur la ville, sur la plaine, sur la montagne, sa joyeuse malédiction tarasconnaise, la voix claire et grave des autres muezzins lui répondait, en s'éloignant de minaret en minaret, et les derniers croyants de la ville haute se frappaient dévotement la poitrine.

VIII

Tarascon ! Tarascon !

Midi. *Le Zouave* chauffe, on va partir. Là-haut, sur le balcon du café Valentin, MM. les officiers braquent la longue-vue, et viennent, colonel en tête, par rang de grade, regarder l'heureux petit bateau qui va en France. C'est la grande distraction de l'état-major... En bas, la rade étincelle. La culasse des vieux canons turcs enterrés le long du quai flambe au soleil. Les passagers se pressent. Biskris et Mahonnais entassent les bagages dans les barques.

Tartarin de Tarascon, lui, n'a pas de bagages. Le voici qui descend de la rue de la Marine, par le petit marché, plein de bananes et de pastèques, accompagné de son ami Barbassou. Le malheureux Tarasconnais a laissé sur la rive du Maure sa caisse d'armes et ses illusions, et maintenant il s'apprête à voguer vers Tarascon, les mains dans les poches... À peine vient-il de sauter dans la chaloupe du capitaine, qu'une bête essoufflée dégringole du haut de la place, et se précipite vers lui, en galopant. C'est le chameau, le chameau fidèle, qui, depuis vingt-quatre heures, cherche son maître dans Alger.

Tartarin, en le voyant, change de couleur et feint de ne pas le connaître ; mais le chameau s'acharne. Il frétille au long du quai. Il appelle son ami, et le regarde avec tendresse : « Emmène-moi, semble dire son œil triste, emmène-moi dans la barque, loin, bien loin de cette Arabie en carton peint, de cet Orient ridicule, plein de locomotives et de diligences, où – dromadaire déclassé – je ne sais plus que devenir. Tu es le dernier Turc, je suis le dernier chameau... Ne nous quittons plus, ô mon Tartarin... »

– Est-ce que ce chameau est à vous ? demande le capitaine.

– Pas du tout ! répondit Tartarin, qui frémit à l'idée d'entrer dans Tarascon avec cette escorte ridicule ; et, reniant impudemment le compagnon de ses infortunes, il repousse du pied le sol algérien, et donne à la barque l'élan du départ... Le chameau flaire l'eau, allonge le cou, fait craquer ses jointures et, s'élançant derrière la barque à corps perdu, il nage de conserve vers *le Zouave*, avec son dos bombé, qui flotte comme une gourde, et son grand col, dressé sur l'eau en éperon de trirème.

Barque et chameau viennent ensemble se ranger aux flancs du paquebot.

– À la fin, il me fait peine ce dromadaire ! dit le capitaine Barbassou tout ému, j'ai envie de le prendre à mon bord... En arrivant à Marseille, j'en ferai hommage au jardin zoologique.

On hissa sur le pont, à grand renfort de palans et de cordes, le chameau, alourdi par l'eau de mer, et *le Zouave* se mit en route.

Les deux jours que dura la traversée, Tartarin les passa tout seul dans sa cabine, non pas que la mer fût mauvaise, ni que la chéchia eût trop à souffrir, mais le diable de chameau, dès que son maître apparaissait sur le pont, avait autour de lui des empressements ridicules… Vous n'avez jamais vu un chameau afficher quelqu'un comme cela !…

D'heure en heure, par les hublots de la cabine où il mettait le nez quelquefois Tartarin vit le bleu du ciel algérien pâlir, puis enfin, un matin, dans une brume d'argent, il entendit avec bonheur chanter toutes les cloches de Marseille. On était arrivé… *le Zouave* jeta l'ancre.

Notre homme, qui n'avait pas de bagages, descendit sans rien dire, traversa Marseille en hâte, craignant toujours d'être suivi par le chameau, et ne respira que lorsqu'il se vit installé dans un wagon de troisième classe, filant bon train sur Tarascon… Sécurité trompeuse ! À peine à deux lieues de Marseille, voilà toutes les têtes aux portières. On crie, on s'étonne. Tartarin, à son tour, regarde, et… qu'aperçoit-il ?… Le chameau, monsieur, l'inévitable chameau, qui détalait sur les rails, en pleine Crau, derrière le train, et lui tenant pied. Tartarin, consterné, se rencoigna, en fermant les yeux.

Après cette expédition désastreuse, il avait compté rentrer chez lui incognito. Mais la présence de ce quadrupède encombrant rendait la chose impossible. Quelle rentrée il allait faire ! bon Dieu ! pas le sou, pas de lions, rien… Un chameau !…

« Tarascon !… Tarascon !… »

Il fallut descendre…

Ô stupeur ! à peine la chéchia du héros apparut-elle dans l'ouverture de la portière, un grand cri : « Vive Tartarin ! » fit trembler les voûtes vitrées de la gare. « Vive Tartarin ! vive le tueur de lions ! » Et des fanfares, des chœurs d'orphéons éclatèrent… Tartarin se sentit mourir ; il croyait à une mystification. Mais non ! Tout Tarascon était là, chapeaux en l'air, et sympathique. Voilà le brave commandant Bravida, l'armurier Costecalde, le président, le pharmacien, et tout le noble corps des chasseurs de casquettes qui se presse autour de son chef, et le porte en triomphe tout le long des escaliers…

Singuliers effets du mirage ! la peau du lion aveugle, envoyée à Bravida, était cause de tout ce bruit. Avec cette modeste fourrure, exposée au cercle, les Tarasconnais, et derrière eux tout le Midi, s'étaient monté la tête. *Le Sémaphore* avait parlé. On avait inventé un drame. Ce n'était plus un lion que Tartarin avait tué, c'étaient dix lions, vingt lions, une marmelade de lions ! Aussi Tartarin, débarquant à Marseille, y était déjà illustre sans le savoir, et un télégramme enthousiaste l'avait devancé de deux heures dans sa ville natale.

Mais ce qui mit le comble à la joie populaire, ce fut quand on vit un animal fantastique, couvert de poussière et de sueur, apparaître derrière le héros, et descendre à cloche-pied l'escalier de la gare. Tarascon crut un instant sa Tarasque revenue.

Tartarin rassura ses compatriotes.

– C'est mon chameau, dit-il.

Et déjà sous l'influence du soleil tarasconnais, ce beau soleil, qui fait mentir ingénument, il ajouta, en caressant la bosse du dromadaire :

– C'est une noble bête !… Elle m'a vu tuer tous mes lions.

Là-dessus, il prit familièrement le bras du commandant, rouge de bonheur ; et, suivi de son chameau, entouré des chasseurs de casquettes, acclamé par tout le peuple, il se dirigea paisiblement vers la maison du baobab, et, tout en marchant, il commença le récit de ses grandes chasses :

« Figurez-vous, disait-il, qu'un certain soir, en plein Sahara… »